講談社文庫

大江戸閻魔帳

藤井邦夫

講談社

目次

『大江戸閻魔帳《えんまちょう》』――おもな登場人物

青山麟太郎《あおやまりんたろう》　元浜町《もとはまちょう》の閻魔《えんま》長屋に住む若い浪人。戯作者《げさくしゃ》閻魔堂赤鬼《あかおに》。
蔦《つた》　日本橋通油町《にほんばしとおりあぶらちょう》の地《じ》本《ほん》問屋『蔦屋《つたや》』の二代目。蔦屋重三郎《じゅうざぶろう》の娘。
幸兵衛《こうべえ》　『蔦屋』の番頭。
本阿弥道悦《ほんあみどうえつ》　目利き。酒癖と女癖が悪いと評判。
梶原八兵衛《かじわらはちべえ》　南町奉行所臨時廻り同心。
辰五郎《たつごろう》　岡っ引。連雀町《れんじゃくちょう》の親分。
亀吉《かめきち》　下っ引。
早川敬之助《はやかわけいのすけ》　『蔦屋』に写楽《しゃらく》の大首絵を持ち込んだ御家人。
すみ　老舗《しにせ》呉服屋『大角屋《だいかくや》』三代目吉右衛門《きちえもん》のお内儀。
勇次《ゆうじ》　若くて腕のいい大工。
早苗《さなえ》　病《やまい》の御家人村上真十郎《むらかみしんじゅうろう》の御新造。
矢野淳之介《やのじゅんのすけ》　旗本の部屋住み。小肥り。
しま　閻魔堂に願掛けをする粋《いき》な形《なり》の年増。
根岸肥前守《ねぎしひぜんのかみ》　南町奉行。麟太郎のことを気にかける。
正木平九郎《まさきへいくろう》　南町奉行の内与力《うちよりき》。代々、根岸家に仕える。

大江戸閻魔帳《えんまちょう》

第一話　写楽は誰だ

一

浜町堀《はまちょう》には舟が行き交い、堀端《ほりばた》に連なる家並みからは三味線の爪弾《つまび》きが洩《も》れていた。

浜町堀に架かっている千鳥橋《ちどりばし》を西に渡ると元浜町があり、その裏通りに古い閻魔堂《えんまどう》がある。

古い閻魔堂の隣にはやはり古い長屋があり、閻魔長屋と呼ばれていた。

閻魔長屋は、その名の恐ろしさとは裏腹におかみさんと子供たちの楽しげな笑い声が溢《あふ》れていた。

狭い部屋の障子は、陽差しを浴びて淡く輝いていた。

片隅に置かれた文机《ふづくえ》には、墨の磨《す》られた硯《すずり》と数本の使い古された筆があり、書き損じた紙が握り棄《す》てられていた。

他にある物は火鉢と空の一升徳利《どっくり》と欠け茶碗ぐらいであり、煎餅布団《せんべいぶとん》を被《かぶ》って鼾《いびき》を掻《か》いて眠っている二十三、四歳の若い浪人がいた。

鼾が不意に止まった。

「わっ……」

若い浪人は、眼を覚まして身を起こし、障子を輝かせている陽差しをぼんやりと見つめた。

陽の当たり具合から見て巳《み》の刻《こく》四つ（午前十時）過ぎか……。

若い浪人は刻《とき》を読んだ。

「拙《まず》い……」

若い浪人は、煎餅布団から跳ね起き、着物を脱ぎ棄て下帯一本になって外に駆け出した。

外には誰もいなかった。

下帯一本の若い浪人は井戸に走り、水を汲《く》んで頭から被った。

水は弾け飛んだ。

濡れた身体《からだ》は五尺七寸（約百七十三センチ）、筋肉質で鍛え上げられていた。

若い浪人は水を被り、顔を洗い、歯を磨《みが》き、最後に身震いをして水滴を振り飛ばした。

振り飛ばされた水滴は煌《きら》めき散った。

若い浪人は、長屋の家に駆け戻った。

僅《わず》かな刻が過ぎた。

若い浪人は、着物と袴《はかま》姿で腰に刀を差しながら家から現れ、長屋の木戸に向かった。

閻魔長屋の木戸を出た若い浪人は、傍《そば》にある古い閻魔堂に手を合せて頭を下げ、浜町堀沿いの道に猛然と走り出した。

浜町堀に架かる汐見橋《しおみばし》の袂《たもと》を駆け抜け、次の緑橋の袂を西に曲がれば日本橋通《とおり》油《あぶら》町《ちょう》だ。

若い浪人は、日本橋通油町に曲がって地本《じほん》問屋『蔦屋《つたや》』に駆け込んだ。

地本問屋『蔦屋』の間口は広く、店土間に続く畳敷きの店の奥には、様々な絵草紙や錦絵などが置かれており、番頭の幸兵衛《こうべえ》を始めとした手代たちが客の相手をしていた。

若い浪人は、『蔦屋』に駆け込んで乱れた息を鳴らした。

「遅いですねえ、麟太郎《りんたろう》さん……」

番頭の幸兵衛は白髪眉《しらがまゆ》をひそめた。

「す、すまぬ……」

麟太郎と呼ばれた若い浪人は詫《わ》びた。

「旦那さまは、待ち草臥《くたび》れて。お出掛けになりましたよ」

幸兵衛は告げた。

「出掛けた……」

麟太郎は、地本問屋『蔦屋』の旦那のお供をして日当を貰《もら》う約束だった。

「ええ。今し方……」

「今し方。行き先は、上野仁王門前町の料理屋の池之家《いけのや》でしたね」

麟太郎は、幸兵衛に念を押した。

「そうですよ」

幸兵衛は頷《うなず》いた。

「よし。じゃあ……」

麟太郎は、地本問屋『蔦屋』を出て上野仁王門前町に向かった。


上野仁王門前町は不忍池《しのばずのいけ》の畔《ほとり》にある。

地本問屋『蔦屋』の旦那は、通油町の通りを西に進んで日本橋の通りに出て神田八ツ小路に向かう筈《はず》だ。そして、八ツ小路から神田川に架かる筋違御門《すじかいごもん》を渡り、御成街《おなり》道を進んで上野仁王門前町に行く。

麟太郎は道筋を読んだ。

ならば、柳原《やなぎわら》通りから八ツ小路に行く……。

麟太郎は、柳原通りに向かって猛然と駆け出した。


神田川の流れは煌めいていた。

麟太郎は、内神田の町々を駆け抜け、神田川沿いの柳原通りから八ツ小路に着いた。

八ツ小路には多くの人が行き交っていた。

『蔦屋』の旦那は、未《ま》だ八ツ小路に来ていない筈だ。

麟太郎は読み、筋違御門の傍に佇《たたず》んで日本橋に続く通りを眺めた。

神田八ツ小路は、昌平橋《しょうへいばし》、淡路《あわじ》坂、駿河《するが》台《だい》、三河町《みかわちょう》筋、連雀町《れんじゃくちょう》、須《す》田町《だちょう》、柳原通り、筋違御門の八つの道筋がある処《ところ》から付いた名だった。

神田須田町への道筋は、日本橋に続く通りだった。

麟太郎は、日本橋に続く通りを見詰めた。

やって来る人々の中に、地本問屋『蔦屋』の旦那を捜《さが》した。

来た……。

麟太郎は、思わず笑みを浮かべた。

旦那は、小さな風呂敷包みを抱えてやって来た。

麟太郎は、旦那がやって来るのを待った。そして、やって来た旦那に並んだ。

「あら、来たの……」

地本問屋『蔦屋』の旦那のお蔦《つた》は、歩みを止めずに皮肉っぽい眼で麟太郎を一瞥《いちべつ》した。

お蔦は、反骨の版元で名高い『蔦屋』重三郎《じゅうざぶろう》の娘で麟太郎と同じ歳だった。そして、重三郎が亡くなった後、娘のお蔦が地本問屋『蔦屋』を相続して旦那を務めていた。つまり、お蔦は二代目『蔦屋』重三郎だった。

「うん。遅れてすまぬ……」

麟太郎は詫びた。

「いいえ……」

お蔦は苦笑し、神田川に架かっている筋違御門を渡った。

麟太郎は続いた。

お蔦と麟太郎は、筋違御門を渡って御成街道を下谷《したや》広小路に向かった。

「それで絵草紙、良い考えが浮かんだの……」

「う、うん……」

麟太郎は、言葉を濁《にご》した。

「中々浮かばないか……」

お蔦は苦笑した。

「それより二代目、今日は池之家で誰と逢うのだ」

麟太郎は、話題を変えた。

「目利きの本阿弥道悦《ほんあみどうえつ》さんですよ」

「本阿弥道悦……」

麟太郎は眉をひそめた。

目利きの本阿弥道悦は、酒癖と女癖の悪いので評判の初老の男だ。

「ええ。此《こ》の前、東洲斎写楽《とうしゅうさいしゃらく》の大首絵ってのが持ち込まれましてね……」

お蔦は、抱えている風呂敷包みを示した。

大首絵とは、美人や役者の上半身を描いた浮世絵であり、写楽は得意としていた。

「写楽の大首絵か……」

「ええ。お父《と》っつあんが生きていればどうって事はないのですが、私と番頭さんじゃあ本物か贋物《にせもの》か分からなくて、それで道悦さんに目利きを頼んだのよ」

「そう云《い》う事か……」

麟太郎は、お蔦が自分を用心棒に伴ったのだと気が付いた。

「ええ……」

お蔦と麟太郎は、下谷広小路に出た。

下谷広小路は、東叡山寛永寺《とうえいざんかんえいじ》や不忍池の弁財天の参拝客たちで賑《にぎ》わっていた。

麟太郎とお蔦は、広小路の雑踏を抜けて上野仁王門前町に進んだ。

仁王門前町は不忍池の畔にあり、料理屋『池之家』はその外れにあった。

料理屋『池之家』からは、不忍池の弁財天のある中ノ島が良く見えた。

料理屋『池之家』は、不忍池を背にして建っていた。

お蔦と麟太郎は、客の出入りしている料理屋『池之家』を訪れた。

「いらっしゃいませ」

お蔦と麟太郎は、年増の女将《おかみ》に迎えられた。

「地本問屋の蔦屋ですが、目利きの本阿弥道悦さんは、未《ま》だですね……」

「それが、四半刻《しはんとき》（約三十分）前にお見えになりましてね。仲居を相手にお酒を飲みながらお待ちですよ」

女将は苦笑した。

「噂通り、酒癖と女癖が悪いようだな」

麟太郎は、腹立たしげに云い放った。

「麟太郎さん……」

お蔦は、苦笑しながら窘《たしな》めた。

「ささ、こちらにございますよ」

女将は、お蔦と麟太郎を座敷に誘った。

「やあ。此《これ》は二代目……」

目利きの本阿弥道悦は、手にしていた猪口《ちよこ》を膳に戻してお蔦を迎えた。

「道悦さん、本日はお呼び立て致しまして申し訳ございません」

お蔦は詫びた。

「いえいえ。他ならぬ蔦屋の二代目の目利き依頼、断る理由はありませんよ」

道悦は、好色そうな笑みを浮かべた。

「ありがとうございます」

お蔦は苦笑した。

「直《す》ぐに御膳の仕度を致します」

女将と仲居は立ち去った。

「して、そちらの御仁《ごじん》は……」

道悦は、お蔦の背後に控えている麟太郎を一瞥した。

「私は青山《あおやま》麟太郎、蔦屋の世話になっている戯作者《げさくしや》だ」

麟太郎は、道悦を見据えて冷ややかな笑みを浮かべた。

「ほう……」

道悦は、僅かに怯《ひる》んだ。

「道悦さん、目利きをして戴きたいのは……」

お蔦は風呂敷包みを解き、中から一枚の錦絵を取り出した。

「此にございます……」

お蔦は、道悦に役者の大首絵を差し出した。

「ほう……」

道悦は、役者の大首絵に眼を凝《こ》らした。

麟太郎は、大首絵を眺めた。

大首絵は、団十郎《だんじゅうろう》の弁慶《べんけい》を大胆な筆致で描いた絵であり、隅の何処《どこ》にも絵師の落款《らっかん》は書かれていなかった。

「団十郎の弁慶か……」

道悦は、画題を読んだ。

「はい。如何《いかが》でしょうか……」

「ふうむ。筆遣いとその勢いは、確かに東洲斎写楽と思えるが……」

「ですが、落款がありません……」

「うむ。分からないのはそこでな……」

道悦は唸《うな》った。

「はい……」

お蔦は頷《うなず》いた。

「二代目、此《こ》の弁慶の大首絵、先代が持っていられた物なのかな」

先代の地本問屋『蔦屋』重三郎は、東洲斎写楽の錦絵を百四十点余りも出していた。つまり、写楽の錦絵を最も良く知っているのは先代の重三郎と云える。

「いいえ。違います」

お蔦は、首を横に振った。

「ならば二代目、誰かが蔦屋に持ち込んだのですかな」

「はい……」

「それは、何処の誰ですかな……」

道悦は、お蔦に探る眼差《まなざ》しを向けた。

「下谷練塀《ねりべい》小路の組屋敷に住んでいられる御家人の方です」

「名は……」

道悦は、畳《たた》み掛けてきた。

「申せません」

お蔦は微笑《ほほえ》んだ。

「そうか。じゃあ、その御家人が此の大首絵を手に入れた経緯《いきさつ》は……」

「亡くなった御父上さまの遺品の中にあったそうにございます」

「と云う事は、手に入れた本人は既に亡くなっているのか……」

道悦は困惑した。

「はい。ですから、どのような経緯で手に入れたのかは……」

お蔦は、首を横に振った。

「分からぬか……」

道悦は眉をひそめた。

「はい。して道悦さん、此の写楽、真贋の程は如何でしょうか……」

お蔦は、道悦の顔を覗《のぞ》き込んだ。

「う、うむ……」

道悦は、困惑を浮かべて手酌で酒を飲んだ。

「二代目……」

麟太郎は、お蔦に声を掛けた。

「何ですか……」

「こいつは、他の目利きの先生に頼んだ方が良いかもしれないぞ」

鱗太郎は、道悦に聞こえよがしにお蔦に告げた。

道悦は、慌てて猪口を膳に戻した。

「鱗太郎さん。で、道悦さん……」

お蔦は、鱗太郎を窘め、道悦に目利きの結果を求めた。

「うむ。確かに筆遣いは写楽だが、落款がないのが気に掛かる。どうだ二代目、ちょいと預からせてはくれないか……」

道悦は頼んだ。

「えっ……」

お蔦は戸惑った。

「二代目……」

鱗太郎は、無駄だと目配せをした。

「道悦さん。預かってどうするのですか……」

お蔦は、鱗太郎の目配せを無視した。

「目利き仲間に見せて聞いてみる。写楽に落款のない絵があるかどうか……」

道悦は、お蔦に頼んだ。

「分かりました」

お蔦は頷いた。

「二代目……」

麟太郎は眉をひそめた。

「お待たせ致しました」

女将と仲居が、賑やかに膳と酒を運んで来た。

「麟太郎さん……」

お蔦は、麟太郎に徳利を差し出した。

「うむ……」

麟太郎は、不服げな面持ちでお蔦の酌を受け、酒を飲み始めた。


不忍池は、午後の陽差しに煌めいていた。

お蔦と麟太郎は、目利きの道悦と別れて畔の茶店に立ち寄った。

「大丈夫か、写楽を道悦なんかに預けて……」

麟太郎は、茶を飲みながら心配した。

「あの写楽が本物か贋物かは未だ分からないのよ」

お蔦は笑った。

「だが、もし本物だったらどうする。道悦の野郎が勝手に売り捌《さば》くかもしれないぞ」

「もし、そんな真似《まね》をしたら二代目蔦屋重三郎が、目利きの本阿弥道悦は贋の写楽を本物だと偽って高値で売り捌いたと騒ぎ立て、二度と目利きの仕事が出来ないようにしてやりますよ」

お蔦は、不敵に笑った。

「流石《さすが》は二代目蔦屋重三郎。良い度胸だ」

麟太郎は、お蔦の度胸の良さに感心した。

「ありがとう……」

お蔦は微笑んだ。

「処で二代目。写楽を蔦屋に持ち込んだのは、下谷練塀小路の組屋敷に住んでいる御家人だったな」

「ええ。早川敬之助《はやかわけいのすけ》さまって方ですよ」

お蔦は、目利きの道悦には教えなかった御家人の名を告げた。

「よし、此から行って、亡くなられたお父上があの写楽をどうやって手に入れたか、もう一度訊《き》いてみよう」

「ええ……」

鱗太郎とお蔦は、湯呑茶碗を置いて茶店の縁台から立ち上がった。

下谷練塀小路は、不忍池の畔から下谷広小路を横切り、忍川《しのぶがわ》沿いの道を進んで中御徒町《なかおかちまち》に出る。そして、南に行くと下谷練塀小路だ。

鱗太郎とお蔦は、組屋敷と粘土と瓦《かわら》で造られた練塀の連なる通りを進んだ。

「此の先に見える桜の木のある組屋敷が早川敬之助さまのお屋敷ですよ」

お蔦は告げた。

「うん……」

鱗太郎は、足取りを速めた。

お蔦は続いた。

物売の声が長閑《のどか》に響いた。

御家人早川敬之助の組屋敷は、木戸門を閉めて静けさに覆《おお》われていた。

鱗太郎は、練塀越しに早川屋敷の前庭を覗いた。

前庭は草が伸び、桜を始めとした庭木の手入れはされていなかった。

「早川敬之助は一人暮らしなのか……」

「そうらしいわね」

お蔦は眉をひそめた。

「そうか……」

麟太郎は木戸門を押した。

木戸門は、軋《きし》みを鳴らして開いた。

麟太郎は、木戸門を入って玄関に進んだ。

お蔦は続いた。

組屋敷の玄関の板戸は閉まっていた。

麟太郎は板戸を叩《たた》いた。

「御免。地本問屋蔦屋の者だが、早川どのはおいでになるかな」

麟太郎は、組屋敷に声を掛けながら玄関の板戸を叩いた。だが、早川の返事はなかった。

「お留守のようですね」

お蔦は眉をひそめた。

「うん……」

麟太郎は、玄関を離れて台所に続く横手に廻《まわ》った。

台所の板戸が僅かに開いていた。

「早川どのはおいでかな……」

麟太郎は、開いていた板戸から台所の中を覗き込んだ。

何かが臭《にお》う……。

麟太郎は気付いた。

血の臭い……。

麟太郎は眉をひそめた。

「麟太郎さん……」

お蔦は、怪訝《けげん》な面持ちで声を掛けた。

「二代目は此処《ここ》にいろ……」

麟太郎は、お蔦を残して台所に入った。

血の臭いは、隣の部屋から漂っていた。

麟太郎は、台所の板の間に上がって隣の座敷に進み、襖《ふすま》をゆっくり開けた。

畳に赤い血が広がり、着流しの武士が俯《うつぶ》せに倒れていた。

わっ……。

麟太郎は、予想していたにも拘《かか》わらず思わず怯んだ。

「麟太郎さん、どうしたの……」

お蔦は、台所の土間に入って来た。

「二代目、侍が殺されている……」

麟太郎は、己を懸命に落ち着かせてからお蔦に報せた。

「えっ……」

お蔦は驚いた。

「殺されている侍が早川敬之助かどうか見定めてくれ」

麟太郎は、お蔦を呼んだ。

「えっ、ええ……」

お蔦は板の間に上がり、開いている襖から恐ろしそうに隣の部屋を覗いた。

「どうだ。早川か……」

麟太郎は、死んでいる侍の顔を示した。

「は、はい。早川敬之助さまです」

お蔦は、殺されていた着流しの武士が御家人の早川敬之助だと見定めた。

「そうか。ならば、辻番に報せてくれ」

辻番とは、武家地の自身番と云えるものだ。

「はい……」

お蔦は、慌てて出て行った。

早川敬之助は、腹を突き刺されて死んでいた。

血の乾き具合と死体の様子から、殺されたのは昨夜遅く……。

麟太郎は読み、家の中を調べた。

家の中は家探しされたのか、押し入れや戸棚の戸が開け放しになっており、中の物が乱暴に引き摺《ず》り出されていた。

引き摺り出された物の中に小さな根付《ねつけ》が転がっていた。

「麟太郎さん……」

お蔦が、辻番の者たちを呼んで来た。

此迄《ここまで》だ……。

麟太郎は、小さな根付を握り締めた。

二

未《ひつじ》の刻八つ(午後二時)が過ぎた。

下城した南町奉行の根岸肥前守《ねぎしひぜんのかみ》は、老妻綾乃《あやの》の介添えで裃《かみしも》を脱ぎ、茶を飲んで寛《くつろ》いだ。

「旦那さま、平九郎《へいくろう》さんがお待ち兼ねにございますよ」

「平九郎が……」

「はい……」

「ならば、通すが良い」

「はい。では……」

老妻綾乃は、座敷から出て行った。

肥前守は、茶を飲みながら中庭の桜の老木を眺《なが》めた。

桜の花は既に散り、老木は緑の葉を微風に揺らしていた。

肥前守は眼を細めた。

「殿……」

内与力《うちよりき》の正木《まさき》平九郎は、南町奉行所内にある町奉行の役宅にやって来た。

「うむ。入るが良い」

「はっ……」

正木平九郎は、四十歳程の落ち着いた男であり、父祖代々に根岸家の家来だった。そして、町奉行所の内与力は、奉行個人の家来が務めていた。

「どうした」

「はっ。先程、徒目付《かちめつけ》組頭の島田郡兵衛《しまだぐんべえ》どのがお見えになりまして……」

「徒目付組頭の島田郡兵衛が何用だ……」

「早川敬之助と申す御家人が昨夜、何者かに刺し殺されたそうにございます」

「御家人が……」

「はい。それで島田どのが、手を下した者は武士と限らず、浪人か町方の者かもしれぬので、御助勢願いたいと申し入れて来ましたので、臨時廻り同心に探索を命じました」

平九郎は報せた。

「それで良い……」

肥前守は、平九郎の始末に不服はなかった。

「はい……」

平九郎は頷いた。

肥前守は、内与力の正木平九郎に町奉行所運営の権限をかなり任せていた。その平九郎がわざわざ報せに来たのは、それ以上の用件があるからなのだ。

「して……」

肥前守は促した。

「はい。それなのですが、殺された御家人の死体を最初に見付けたのは、青山麟太郎どのだそうにございます」

平九郎は、肥前守を見詰めた。

「麟太郎だと……」

肥前守は白髪眉をひそめた。

「はい。何でも地本問屋蔦屋の主《あるじ》と一緒に下谷練塀小路の早川敬之助の組屋敷を訪れ、見付けたそうにございます」

平九郎は告げた。

「麟太郎は何しに行ったのだ」

「そこ迄は……」

平九郎は、小さな笑みを浮かべた。

「そうか。麟太郎がな……」

肥前守は、冷えた茶の残りを飲み干した。


浜町堀の傍の通油町は、両国《りょうごく》広小路と日本橋の北を結ぶ通りの途中にある。

地本問屋『蔦屋』には客が出入りしていた。

お蔦と麟太郎は、訪れた南町奉行所臨時廻り同心の梶原八兵衛《かじわらはちべえ》、岡っ引の辰五郎《たつごろう》と座敷で向かい合っていた。

「で、仏《ほとけ》の早川敬之助の家には何しに行ったんだい……」

八兵衛は尋《たず》ねた。

「それは、早川さまが持ち込まれた錦絵の出処を訊きに……」

お蔦は告げた。

「へえ、どんな錦絵かな……」

「写楽の錦絵のようですが、真贋の程がはっきりしないので今、目利きに出していまず」

「そうか。で、お前さんは……」

八兵衛は、控えていた麟太郎を胡散臭《うさんくさ》そうに見た。

「俺か、俺は青山麟太郎、蔦屋に出入りしている戯作者だ……」

麟太郎は、うんざりした面持ちで苦笑した。

「戯作者……」

「ああ。仏さんを見付けた経緯は、徒目付の組頭に詳しく話した。そっちから聞いてくれ。俺はちょいと……」

麟太郎は、刀を手にして立ち上がった。

「何処に行く……」

八兵衛は咎《とが》めた。

「厠《かわや》だ、厠。小便だ……」

麟太郎は、座敷から出て行った。

「麟太郎さんったら……」

お蔦は、頰《ほお》を膨《ふく》らませた。

「辰五郎……」

八兵衛は、岡っ引の辰五郎に麟太郎から眼を離すなと目配せをした。

「はい。亀吉《かめきち》……」

辰五郎は頷き、控えていた下っ引の亀吉を連れて麟太郎を追った。

麟太郎は、厠を通り過ぎて素早く庭に降り、裏木戸から裏路地に出た。そして、裏路地伝いに通油町の家並みの裏手を走った。

浜町堀に架かっている緑橋の南隣には汐見橋がある。

麟太郎は、通油町の裏路地を迂回《うかい》して、地本問屋『蔦屋』から離れた汐見橋の袂に出た。

「いつ迄も同じ事を。冗談じゃあない……」

麟太郎は溜息《ためいき》を吐《つ》き、懐《ふところ》から小さな根付を取り出した。

根付は、丸みを帯びた独特の形をした阿吽《あうん》の狛犬《こまいぬ》の〝吽〟だった。

「阿吽の吽の狛犬か……」

そして、吽の狛犬の根付の裏には〝宗〟の一文字が刻まれていた。

「宗……」

麟太郎は呟《つぶや》いた。

狛犬の吽の根付を作った職人の銘かもしれない……。

麟太郎は読んだ。

岡っ引の辰五郎と下っ引の亀吉が、隣の緑橋の袂に駆け出して来たのが見えた。

麟太郎は気付き、根付を懐に仕舞って汐見橋の欄干《らんかん》の陰に身を潜めた。

辰五郎と亀吉は、辺りに麟太郎を捜し始めた。そして、何《い》れは麟太郎の住まいが元浜町の閻魔長屋と知り、駆け付けて来るのだ。

「これ以上、煩《わずら》わされてたまるか……」

麟太郎は、元浜町の閻魔長屋に戻らず、汐見橋を素早く駆け抜けて両国広小路に向かった。

夕暮れ時の浜町堀には、屋根船の櫓《ろ》の軋みが響いた。


両国広小路は、連なる露店も店仕舞いをし、見世物小屋も木戸を閉め、夕暮れ時の静けさが漸《よう》く訪れていた。

麟太郎は、米沢町《よねざわちょう》の店仕舞いをしている袋物屋に入った。

「あっ、お武家さま、今日はもう店仕舞いでして……」

袋物屋の主は、困惑した面持ちで告げた。

「すまん。買い物ではないのだ。申し訳ないが此を見てくれ」

麟太郎は、小さな狛犬の吽の根付を袋物屋の主に見せた。

「狛犬の根付ですか……」

袋物屋の主は、根付を手に取って見た。

紙入れ、巾着《きんちゃく》、煙草《たばこ》入れなどを売っている袋物屋は、根付などを付けた品物も扱っていて詳しかった。

「うん。狛犬の阿吽の吽だが、注文で作った物かそれとも……」

「これは、注文の誂《あつら》え物。結構な品物ですよ」

袋物屋の主は感心し、根付の狛犬の吽を詳しく見て裏に刻まれている〝宗〟の一文字に気が付いた。

「そんなに良い物か……」

麟太郎は戸惑った。

「ええ。こいつは湯島《ゆしま》の宗八《そうはち》さんが作った根付ですよ」

「湯島の宗八……」

「ええ。江戸でも名高い根付師でしてね。玄人《くろうと》好みの根付を作るんですよ……」

「その宗八さんの家、湯島の何処《どこ》かな」

「確か妻恋町《つまごいちょう》あたりだと聞いた事がありますが、定かじゃありません」

袋物屋の主は、申し訳なさそうに告げた。

「そうか。いや、助かった。造作《ぞうさ》を掛けたな」

麟太郎は、袋物屋の主に深々と頭を下げて礼を述べた。


日は暮れ、夜になった。

これから湯島の妻恋町に行き、根付師の宗八を捜すのも大変だ。

今夜は此迄だ……。

麟太郎は、浜町堀に戻る事にした。

狛犬の吽の根付が、御家人の早川敬之助を殺して家探しをした者が落としていった物と決まってはいない。殺された早川敬之助の持ち物の場合もあるのだ。

何れにしろ、狛犬の吽の根付が誰の物か突き止めるべきなのだ。

麟太郎は、浜町堀に出た。そして、浜町堀に架かっている緑橋を渡らず、対岸を警戒しながら堀端を南に進んだ。

岡っ引の辰五郎と下っ引の亀吉の姿は、何処にも見えなかった。

早川敬之助を殺した訳でもない麟太郎を、いつ迄も追い掛け廻す筈はないのだ。

一時の熱は冷めた……。

麟太郎はそう見極め、汐見橋の袂を抜けて尚《なお》も進んだ。そして、千鳥橋を渡って元浜町の裏通りに進んだ。

古い閻魔堂は闇に沈んでいた。

麟太郎は、閻魔堂に手を合わせ、隣の木戸から閻魔長屋を油断なく窺《うかが》った。

閻魔長屋の家々には小さな明かりが灯《とも》されており、不審な人影は何処にも見えなかった。

麟太郎は安堵《あんど》し、己の暗い家に向かった。

小さな明かりの灯された家から、親子の楽しげな笑い声が洩れていた。

麟太郎は、己の暗い家の腰高障子を開けた。

家の中に行燈《あんどん》の明かりが浮かんだ。

麟太郎は身構えた。

「お帰りなさい」

行燈に掛けてあった布を取ったお蔦がいた。

「な、何だ、二代目か……」

　麟太郎は苦笑した。

「何だ、二代目かじゃありませんよ。さっさと逃げ出して、お陰でどうして逃げたんだって、同心の旦那に煩《うるさ》く居座られましたよ」

　お蔦は、腹立たしげに麟太郎を睨《にら》んだ。

「そいつは迷惑を掛けてすまなかった。勘弁してくれ。此の通りだ」

　麟太郎は家にあがり、お蔦に手をついて素直に詫びた。

「もう、素早いんだから……」

　お蔦は、麟太郎の拘《こだわ》りなく詫びる素直さに苦笑した。

「本当にすまぬ。どうにも煩《わずら》わしくなってな」

　麟太郎は、安堵の笑みを浮かべた。

「それで今迄、何処に行っていたのよ……」

「二代目、こいつを見てみろ……」

　麟太郎は、狛犬の阿吽の吽の根付を出して見せた。

「狛犬の吽の根付ですか……」

　お蔦は、怪訝な面持ちで狛犬の吽の根付を手に取って見た。

「丸みを帯びた変わった形ですね……」

お蔦は眉をひそめた。

「うん。早川敬之助の組屋敷にあったのだ」

「早川さまのお屋敷に……」

「ああ。家探しで放り出された物の中にな……」

「じゃあ……」

「早川を殺した奴が家探しをしていて落としたのか、早川の物なのか……」

麟太郎は、小さな笑みを浮かべた。

「ええ……」

お蔦は、狛犬の吽の根付を見詰めて喉《のど》を鳴らした。

「で、ちょいと調べて来たのだが。こいつは注文の誂え物で、湯島は妻恋町に住んでいる宗八って根付師が作った物だそうだ」

「妻恋町の宗八さん……」

「うん。明日にでも捜し出し、何処の誰の注文で此の根付を作ったのか訊いてみるよ」

麟太郎は笑った。

「そう、根付を調べに行っていたの……」

お蔦は微笑んだ。

「うん……」

麟太郎は頷いた。

途端に腹の虫が鳴いた。

「あら、晩御飯は未だなの……」

「う、うん。金もないし、残り飯で雑炊《ぞうすい》でも作ろうと思ってな……」

麟太郎は苦笑した。

「だったら、蔦屋に来なさいよ。徳利も一本付けてあげるわよ」

お蔦は、笑顔で誘った。

「ありがたい。そうこなくっちゃあ……」

麟太郎は喜んだ。

提灯《ちょうちん》の明かりは揺れた。

麟太郎は、提灯を手にしたお蔦と閻魔長屋の木戸を出て、地本問屋『蔦屋』のある通油町に向かった。

塗笠《ぬりがさ》を目深《まぶか》に被った羽織袴の武士が、閻魔堂の陰から見送った。

お蔦の持つ提灯の明かりは、揺れながら遠ざかって行った。

根岸肥前守は、老妻綾乃の介添えで登城の仕度を終えた。

「して平九郎、麟太郎は如何致した」

肥前守は、控えていた内与力の正木平九郎に尋ねた。

「はっ。青山麟太郎どの、臨時廻り同心の梶原八兵衛の尋問を嫌い、逃げ出したそうです」

平九郎は厳しい面持ちで告げた。

「尋問を嫌って逃げ出した……」

「はい。麟太郎どの、どうやら早川敬之助殺しの一件、探索を始めたようにございます」

「そうか……」

「如何致しますか……」

「うむ。暫《しばら》く様子をみるか……」

「はい。それが宜《よろ》しいかと。梶原八兵衛には、私がそれとなく申し伝えます」

「うむ……」

肥前守は頷いた。

「では、此にて……」

平九郎は、肥前守に挨拶《あいさつ》をして出て行った。

肥前守は見送り、茶を飲んだ。

「旦那さま、青山麟太郎どのとは……」

綾乃は、次の間で肥前守の脱ぎ棄てた着物を片付けながら尋ねた。

「うむ。若い頃の知り合いの孫だ……」

肥前守は、遠い昔を思い出すように庭を眺めた。

「そうですか。旦那さま、そろそろ御登城の刻限にございますよ」

綾乃は告げた。

「うむ……」

肥前守は座を立った。

妻恋坂は緩やかだった。

坂の南側には武家屋敷が並び、北側には武家屋敷や妻恋稲荷《いなり》がある。そして、上がりきった処に妻恋町があった。

麟太郎は、緩やかな妻恋坂を上がって妻恋町に入った。

妻恋町の町木戸の傍には、自身番と木戸番屋があった。

麟太郎は、木戸番屋の前を掃除している木戸番に近寄った。

「やあ……」

麟太郎は笑い掛けた。

「いらっしゃい。何か……」

木戸番は、町木戸の管理と夜廻りが主な仕事であり、自身番の使い走りや町奉行所の手伝いなどもしていた。そして、木戸番屋の前は店になっており、草鞋《わらじ》、炭団《たどん》、渋団扇《しぶうちわ》などの荒物を売っていた。

「ちょいと尋ねるが、此の辺りに根付師の宗八さんの家はあるかな」

麟太郎は尋ねた。

「ええ、宗八さんの家なら、此の近くですよ」

木戸番は頷いた。

根付師宗八の家は、裏通りの路地の奥にあった。

麟太郎は、宗八の家の腰高障子を叩いた。

「何方《どなた》ですか……」

家の中から女の声がした。

「私は青山麟太郎と申す。根付師の宗八さんはおいでかな……」

麟太郎は告げた。

腰高障子が開き、初老の女房が顔を出した。

「宗八はおりますが、何か御用にございますか……」

「うむ。此の狛犬の根付について、ちょいと訊きたい事があるのだが、逢えるかな」

麟太郎は、笑いながら狛犬の吽の根付を見せた。

「狛犬の根付だと……」

男の嗄《しわが》れ声が、初老の女房の背後からした。

「ええ。お前さん。どうします……」

初老の女房が振り返った。

「入って貰《もら》いな……」

男の嗄れ声が告げた。

三

根付師の宗八は、眉間の皺《しわ》を深くして狛犬の吽の根付を見た。

麟太郎は見守った。

「お侍、こいつは間違いなく、あっしの彫った根付だが、何かあったのかい……」

宗八は、嗄れ声で尋ねた。

「ええ。下谷練塀小路に住む御家人が殺されましてね」

「御家人が……」

宗八は、白髪混じりの眉をひそめた。

「ええ。で、此の狛犬の吽の根付、その御家人の家にあったんだが、宗八さん、誰の注文で彫ったんですか……」

麟太郎は尋ねた。

「お侍、すまないが、そいつは云わねえ約束なんでね」

宗八は、視線を逸《そ》らした。

「宗八さん、注文したのは早川敬之助って御家人じゃあ……」

麟太郎は構わず尋ねた。

「知らねえな、早川敬之助なんて……」

「違うのか……」

どうやら、狛犬の吽の根付を注文したのは殺された早川敬之助ではないのだ。

麟太郎は知った。

「お侍、もう帰《けえ》ってくれ……」

宗八は、麟太郎に背を向けて根付を彫り始めた。

彫っている根付は虎の図柄であり、狛犬の根付とは形が違っていた。

「ならば宗八さん、こいつは狛犬の阿吽の吽の根付だが、狛犬の阿の根付もあるのか……」

狛犬の阿吽は、阿と吽の二つが揃《そろ》って一対《いっつい》だ。注文する者は、阿吽の一対を頼む事が多い筈だ。

もし、そうなら狛犬の阿吽の阿の根付も何処かにあるのだ。

麟太郎は睨んだ。

「う、うん……」

「やはりな……」

狛犬の根付は、阿吽の二つがあるのだ。

「処で、狛犬の睨みは当たった。

麟太郎の根付と今彫っている虎の根付、随分と形が違うようだが……」

麟太郎は眉をひそめた。

「お侍、注文主の中には、自分で根付の図柄を描いて来る人もいてね。あっしも図柄が気に入れば、彫る事にしているんだよ」

「じゃあ宗八さんは、狛犬の図柄が気に入ったって訳ですか……」

「ああ。もう、いいだろう……」

宗八は、麟太郎に再び背を向けて虎の根付を彫り始めた。

潮時だ……。

「いや。忙しい時に邪魔をして申し訳なかった。お陰でいろいろな事が分かった。礼を申します……」

麟太郎は、宗八に深々と頭を下げた。

狛犬の根付には阿吽の二つあり、丸みを帯びた形や図柄は注文主の描いたものだった。

そして、注文主は殺された御家人の早川敬之助ではないのだ。

麟太郎は知った。

狛犬の吽の根付は、やはり早川敬之助を殺した者の持ち物なのか……。

残る狛犬の阿の根付は何処にあるのか……。

根付師宗八の気に入る図柄を描いた注文主は、何処の誰なのか……。

麟太郎は、思いを巡らせた。


地本問屋『蔦屋』は、いつもと変わらず客が出入りしていた。

麟太郎は、浜町堀に架かっている緑橋の袂から『蔦屋』の周囲を見廻した。

南町奉行所の臨時廻り同心の梶原八兵衛や岡っ引の辰五郎たちの姿は、何処にも見えなかった。

所詮《しょせん》、只《ただ》の発見者に過ぎない……。

梶原八兵衛と辰五郎たちは、早川敬之助を殺《あや》めた者を追っているのだ。

麟太郎は、地本問屋『蔦屋』を訪れた。

お蔦は、麟太郎を直ぐに座敷に通した。

「それでどうでした、狛犬の吽の根付は……」

お蔦は、興味深げに眼を煌めかせた。

「うん。やはり宗八さんが彫った根付だった」

「そう……」

お蔦は頷いた。

「それでな……」

麟太郎は、お蔦に根付師宗八との遣り取りを詳しく話した。

「へえ。じゃあ、狛犬の根付、阿の根付もあるんですね」

「ああ。それから根付の狛犬の図柄は、注文主が自分で描いて渡したそうでな。宗八さんは、その図柄が気に入って彫ったものだ」

麟太郎は、狛犬の吽の根付を出して眺めた。

「へえ、そうなんだ……」

お蔦は、麟太郎の手にある狛犬の吽の根付を見詰めた。

「あっ……」

お蔦は、何かに気付いて麟太郎の手にある狛犬の吽の根付を取り、上下左右に斜めなどの様々な角度から眺めた。

「どうかしたのか……」

「ええ。この斜め下から見た𠮷の狛犬、何か見覚えがあるような気がしたの……」

お蔦は、𠮷の狛犬の根付を斜め下から眺めた。

「見覚えがある……」

麟太郎は眉をひそめた。

「ええ、何となくだけど……」

お蔦は首を捻《ひね》った。

「よし。二代目、そいつを思い出すんだな」

麟太郎は笑った。

「えっ……」

「俺は早川敬之助の組屋敷に行ってみる」

「早川さまの組屋敷に……」

お蔦は眉をひそめた。

「うん。こいつが早川を殺した奴の根付なら落としたのに気が付いて探しに来るかもしれない……」

麟太郎は睨んだ。

下谷練塀小路に行き交う人は少なかった。

麟太郎は、殺された早川敬之助の組屋敷に向かった。

桜の木のある早川の組屋敷が見えて来た。

麟太郎は、足取りを速めようとした。

半纏《はんてん》を着た男が、早川の組屋敷から現れた。

麟太郎は、咄嗟《とっさ》に物陰に身を隠した。

半纏を着た男は、辺りを窺って練塀小路を足早に北に向かった。

何者だ……。

麟太郎は追い掛けようとした。

練塀の陰から岡っ引の辰五郎と下っ引の亀吉が現れ、半纏を着た男を追った。

同心の梶原八兵衛は、早川敬之助殺しに拘《かかわ》りのある者が現れるかもしれないと、辰五郎と亀吉に見張らせていたのだ。

誰の睨みも同じか……。

麟太郎は苦笑し、辰五郎と亀吉を追った。

不忍池には水鳥が遊び、幾つもの波紋が重なり合っていた。

半纏を着た男は、軽い足取りで不忍池の畔を進んだ。
辰五郎と亀吉は追った。
半纏を着た男は、不忍池の畔にある茶店に入った。
辰五郎と亀吉は木陰に潜み、茶店の縁台に腰掛けて茶を頼む半纏を着た男を見張った。
麟太郎は見守った。
痩《や》せた着流しの侍が雑木林から現れ、辰五郎と亀吉の背後に佇んだ。
拙い……。
麟太郎の勘が囁《ささや》いた。
着流しの侍は、音もなく辰五郎と亀吉に迫り、刀の柄《つか》を握った。
「危ない……」
麟太郎は叫んだ。
刹那《せつな》、着流しの侍は刀を抜いて辰五郎に斬り掛かった。
辰五郎は、咄嗟に身体を投げ出して着流しの侍の刀を躱《かわ》した。
着流しの侍は、身を投げ出した辰五郎に二の太刀《たち》を放とうと踏み込んだ。
次の瞬間、麟太郎が駆込んで着流しの侍に体当たりをした。

着流しの侍は、よろめいて倒れ掛けた。

麟太郎は、辰五郎を庇《かば》って立ちはだかった。

「お、お前さん……」

辰五郎は、麟太郎が現れたのに戸惑った。

「怪我《けが》はないか……」

麟太郎は、油断なく着流しの侍を見据えた。

「掠《かす》り傷です……」

辰五郎は、血の流れる左腕を押さえて立ち上がった。

「親分……」

亀吉は、辰五郎に駆け寄った。

「岡っ引の命を狙うとは、良い度胸だな」

麟太郎は笑った。

「手前《てめえ》……」

着流しの侍は、麟太郎に暗い眼を向けた。

「茶店にいる野郎に何をさせている……」

麟太郎は、茶店の前に立っている半纏を着た男を示した。

「手前に拘りない……」

着流しの侍は、薄笑いを浮かべた。

「そうか。俺は野郎に何かを探させているのだと思ったぜ……」

麟太郎は云い放った。

着流しの侍は、薄笑いを消した。

「どうやら図星のようだな……」

麟太郎は笑った。

「知っているのか……」

着流しの侍は、麟太郎を見据えた。

「さあな……」

麟太郎は身構えた。

着流しの侍は嘲笑《ちょうしょう》を浮かべ、踵《きびす》を返して不忍池の畔を立ち去った。

茶店の前にいた半纏を着た男は、麟太郎たちを一瞥して着流しの侍に続いた。

麟太郎は見送り、小さな吐息を洩らした。

「青山さん……」

辰五郎は、斬られた左腕の傷を手拭《てぬぐい》で押さえていた。

「大丈夫か、辰五郎の親分……」

「ええ。お陰で命拾いをしました。忝《かたじけの》うございました」

辰五郎は、麟太郎に頭を下げた。

「いや。礼には及ばぬ。それより親分、あの半纏を着た奴、早川の組屋敷で何をしていたんだ」

「家探しと云うか、何かを探していましたぜ」

辰五郎は告げた。

「やはりな……」

半纏を着た男は、やはり狛犬の吽の根付を探していたのだ。そして、不忍池の畔の茶店で着流しの侍と落ち合うつもりだったのだ。

半纏を着た男が狛犬の吽の根付を探しに来たのは、着流しの侍に命じられての事なのか。

もしそうなら、御家人の早川敬之助を殺して狛犬の吽の根付を落として行ったのは、着流しの侍なのかもしれない。

麟太郎は読んだ。

「青山さん、半纏の野郎は何を探していたんですかい……」

辰五郎は、麟太郎が知っていると睨み、鋭い眼を向けた。

「さあ、俺は知らぬ……」

麟太郎は惚《とぼ》けた。

「そうですか……」

辰五郎は苦笑した。

「で、親分、半纏を着た奴と着流しの侍、何処の誰か知らないのですね」

「ええ。ですが、早川敬之助さんを殺めた奴か、拘りのある奴に間違いありません。必ず捜し出してやりますぜ」

辰五郎は、腹立たしげに着流しの侍と半纏を着た男が立ち去った方を見据えた。

「ええ。俺も捜してみます」

麟太郎は、屈託なく笑った。

殺された御家人の早川敬之助が持ち込んだ弁慶の役者絵は、本当に東洲斎写楽の描いた物なのかどうか……。

本阿弥道悦の目利きはどうなったのか……。

お蔦は、道悦に預けた弁慶の役者絵を思い浮かべた。

大きく瞠《みは》った眼、大きな鼻、への字に結ばれた大きな口……。
お蔦は思い浮かべた。
への字に結ばれた大きな口……。
「あっ……」
お蔦は気が付いた。
根付の狛犬の吽の閉じた口が、への字に結ばれていたのに気が付いた。
弁慶の役者絵と同じなのだ。
お蔦は、想いを巡らせた。
弁慶の役者絵を描いた絵師は、根付の狛犬の図柄を描いた注文主なのかもしれない。
もし、弁慶の役者絵が写楽の描いた本物だとしたら……。
根付の狛犬の図柄を描いた注文主は、東洲斎写楽と云う事になる。
お蔦は、自分の読みに微《かす》かな緊張を覚えた。
新寺町の通りは左右に寺が連なり、線香の匂いが微かに漂っていた。
麟太郎は、不忍池の畔で岡っ引の辰五郎と下っ引の亀吉と別れ、新寺町の通りを浅草に向かった。そして、広徳寺《こうとくじ》の門前を通り抜けた時、尾行《つけ》て来る者がいるのに気付いた。

現れた……。

麟太郎は、嬉《うれ》しげな笑みを浮かべて尾行て来る者をそれとなく窺った。

尾行て来る者は、半纏を着た男だった。

狙い通りだ……。

着流しの侍は、麟太郎が己の探している物を知っていると睨み、半纏を着た男に尾行させる。

麟太郎は読んでいた。

さあて、どうする……。

麟太郎は、新寺町の通りから東本願寺前を抜けて浅草広小路に進んだ。

半纏を着た男は、物陰伝いに尾行て来る。

よし……。

麟太郎は、浅草広小路から金龍山浅草寺《きんりゅうざんせんそうじ》の雷門を潜って境内《けいだい》に入った。

境内は参拝客や遊山《ゆさん》の客で賑わっていた。

半纏を着た男は、見失わないように麟太郎との距離を詰めて懸命に追って来た。

麟太郎は、本堂に手を合わせて背後の護摩堂《ごまどう》に進み、裏門を出た。

半纏を着た男は、慌てて裏門に走った。

裏門の外には緑の田畑が広がり、一本の田舎道が日本堤に続いていた。そして、田畑の向こうに新吉原《しんよしわら》の遊廓が見えた。

半纏を着た男は、裏門から駆け出して来た。

田舎道に麟太郎の姿は見えなかった。

半纏を着た男は狼狽《うろた》えた。

刹那、背後の緑の畑から麟太郎が現れた。

半纏を着た男は振り返った。

麟太郎は、振り返った半纏を着た男の脾腹《ひばら》に拳《こぶし》を鋭く叩き込んだ。

半纏を着た男は、一瞬眼を瞠って気を失った。

麟太郎は、気を失って崩れ落ちる半纏を着た男を肩に担ぎ、木陰の茂みに運んだ。

半纏を着た男は、気を取り戻した。

「気が付いたか……」

麟太郎は笑い掛けた。

半纏を着た男は、慌てて逃げ出そうとした。だが、後ろ手に縛られており、均衡を崩して前のめりに倒れ込んだ。

麟太郎は苦笑し、後ろ襟《えり》を摑《つか》んで引き摺り起こした。

半纏を着た男の顔は、泥に汚れていた。

「名は何と云う……」

麟太郎は尋ねた。

「知らねえな……」

半纏を着た男は不貞腐《ふてくさ》れた。

次の瞬間、半纏を着た男の頰が張り飛ばされた。

半纏を着た男は、横倒しに崩れた。

「名は何と云う……」

麟太郎は、再び尋ねた。

「金次《きんじ》……」

半纏を着た男は、怯《おび》えの中に悔しさを滲《にじ》ませて金次と名乗った。

「金次か。着流しの侍は何者だ……」

麟太郎は、優しげに笑い掛けた。

優しげな笑いの裏には、何が潜んでいるか分からない……。

「氷室清一郎《ひむろせいいちろう》って浪人だ……」

金次は、衝《つ》き上がる恐怖に声を震わせた。

「その浪人の氷室清一郎の指図で俺を尾行て来たか……」

「ええ……」

金次は、覚悟を決めたように頷いた。

「で、氷室清一郎の家は何処だ」

「根津《ねづ》権現門前町のおまちって情婦《おんな》の家にいる」

「根津権現門前町のおまちの家か……」

「はい……」

「で、早川敬之助の組屋敷で何を探していた」

「ね、根付です」

「根付……」

睨み通りだ……。

麟太郎は、腹の内で笑った。

「ええ、あっしは氷室の旦那に云われて狛犬の根付を探していたんです」

金次は項垂《うなだ》れた。

「その狛犬の根付、氷室清一郎の物なのか……」

麟太郎は、金次を見据えた。

狛犬の根付が氷室清一郎の物なら、早川敬之助を殺した可能性が大きくなる。

「さあ。そいつは良く分かりません」

金次は首を捻った。

「ならば金次、早川敬之助を手に掛けたのは、その氷室清一郎なのか……」

麟太郎は、金次を鋭く見据えた。

「し、知りません……」

金次は困惑を浮かべた。

「金次、惚けると只《ただ》じゃあすまない……」

「本当です。本当に知らないんです」

金次は、必死の面持ちで麟太郎に訴えた。

嘘偽《うそいつわ》りはないかもしれない……。

麟太郎は小さく笑った。

風が吹き抜け、田畑の緑は大きく揺れた。

「写楽……」

麟太郎は眉をひそめた。

「ええ。根付の狛犬の吽の結ばれた口と、写楽の描いた大首絵の口のへの字の形が同じなのよ」

お蔦は、写楽の描いた大首絵を示して弾んだ声で告げた。

麟太郎は、懐から狛犬の吽の根付を出して結ばれた口を見た。

狛犬の吽の口は、写楽の描いた大首絵の口と同じようにへの字に結ばれていた。

「ねっ……」

お蔦は、同意を求めた。

「うん。二代目の云うように同じだな」

麟太郎は頷いた。

「でしょう……」

お蔦は、嬉しげに笑った。

「そう云えば二代目、東洲斎写楽って絵師はどうしたんだ……」

　麟太郎は眉をひそめた。

四

　東洲斎写楽は、素性の分からない謎の浮世絵師だった。

　遺した百四十余りの錦絵の多くは役者絵であり、寛政《かんせい》六年五月から七年一月迄の僅か九ヵ月の間に描いて消息を絶った。そして、その錦絵のすべては、地本問屋『蔦屋』重三郎によって世に出されていた。

　因《ちな》みに云えば『蔦屋』重三郎は、写楽が消息を絶った二年後の寛政九年に死んでいた。

　写楽の素性は、『蔦屋』重三郎が死んで尚更《なおさら》分からなくなったとも云える。

「それで二代目、写楽はどうして姿を消したか、先代から聞いているか……」

　麟太郎は尋ねた。

「さあ。聞いちゃいないわよ。そんな事……」

　お蔦は首を捻った。

「じゃあ、どんな奴だったんだ」

「それが、もう何年も昔の事で、私も子供だったから良く覚えてないのよ」

お蔦は、肩を落として溜息を吐いた。

「そうか。じゃあ、番頭の幸兵衛さんはどうかな」

「そうね。幸兵衛さんならお父っつあんに可愛がられていたから、写楽の事も知っているかもね。私、幸兵衛さんを呼んでくる」

お蔦の立ち直りは早く、声を弾ませて番頭の幸兵衛を呼びに行った。

「そうか、写楽か……」

麟太郎は、狛犬の吽の根付を見詰めた。

狛犬の吽の口はへの字に結ばれていた。


「東洲斎写楽さんですか……」

番頭の幸兵衛は、白髪眉をひそめた。

「ええ。写楽は、どうして姿を消したの……」

お蔦は、幸兵衛に茶を差し出した。

幸兵衛は、畏《おそ》れ入りますと会釈をした。

「うん。どうしてかな……」

　麟太郎は、お蔦と並んで幸兵衛の返事を待った。

「さあ、どうしてなんですかねえ……」

　幸兵衛は首を捻り、茶を啜《すす》った。

「えっ……」

　お蔦は戸惑った。

「幸兵衛さんは知らないのか……」

　麟太郎は眉をひそめた。

「ええ。写楽さんに関しては、先代の旦那さまがお一人で扱っていましたので……」

「でも番頭さんは、お父っつあんに随分と可愛がられていたから……」

「お嬢さま、旦那さまは口が固く、約束を守るお人でした。ですから、多くの絵師や戯作者が信用し、お抱えになっていたのです」

　幸兵衛は微笑んだ。

「じゃあ先代は、写楽の素性や秘密などは絶対に洩らさないと……」

　麟太郎は読んだ。

「ええ。きっと、固くお約束をされたのでしょうね」

　幸兵衛は頷いた。

「じゃあ幸兵衛さん、写楽は何故、錦絵を描くのを止《や》めたのですか……」

麟太郎は訊いた。

「さあ、それも知っているのは旦那さまだけでして……」

「分からないか……」

「ええ……」

幸兵衛は頷いた。

「まさか死んだんじゃあないでしょうね」

お蔦は眉をひそめた。

「いえ。亡くなってはいませんよ」

幸兵衛は、首を横に振った。

「じゃあ、今も何処かで何かをしているか……」

「きっと。あの時、随分と稼ぎましたからね。今頃、何処かでのんびりと暮らしていますよ」

幸兵衛は、茶を啜った。

麟太郎とお蔦は、顔を見合わせて肩を落とした。

番頭の幸兵衛は、東洲斎写楽について何も知らなかった。

知っているのは、お蔦の父親で先代の『蔦屋』重三郎だけなのだ。だが、その重三郎が死んだ今、東洲斎写楽を知っている者はいないのだ。

「処でお嬢さま、殺された早川敬之助さまが持ち込まれた写楽、真贋の程は如何でした」

幸兵衛は、茶を啜りながら尋ねた。

「そうですか……」

「未だ目利きの道悦さんの処ですよ」

「番頭さん、もし本物の写楽だったらどうなりますか……」

「麟太郎さん、そりゃあ売れますよ」

「売れる……」

「ええ。何と云っても一世を風靡《ふうび》した東洲斎写楽。それも不意に姿を消した謎の絵師。みんなが欲しがり、版元は大儲《おおもう》けが出来ますよ」

幸兵衛は、地本問屋の番頭らしく眼を輝かせた。

「大儲けか……」

「ええ。御同業の鶴屋《つるや》さんに亀屋《かめや》さん、それに須原屋《すはらや》さん、皆、欲しがりますよ」

「鶴屋に亀屋に須原屋か……」

皆、『蔦屋』と並ぶ大手の版元、地本問屋だ。尤《もっと》も『蔦屋』は、先代の重三郎が死んでから格が下がっていた。

「だったら、いつ迄も道悦さんに預けて置けないわね」

お蔦は緊張した。

「ええ。そうですよ……」

幸兵衛は、眉間に皺を寄せて頷いた。

「じゃあ麟太郎さん、明日一番に根岸の道悦さんの家に行きますよ」

「うん……」

麟太郎は頷いた。


下谷広小路、神田明神、湯島天神などの盛り場……。

南町奉行所臨時廻り同心の梶原八兵衛、岡っ引の辰五郎、下っ引の亀吉は、着流しの侍と半纏を着た男を捜していた。

所の地廻り、遊び人、博奕打《ばくち》ち……。

八兵衛と辰五郎たちは、夜の盛り場を彷徨《うろつ》いている者たちに訊いて歩いた。だが、名も分からない二人は容易に浮かばなかった。

燭台《しよくだい》の灯は、根岸肥前守と内与力の正木平九郎を照らしていた。

「そうか。麟太郎、御家人の早川敬之助殺しを追い続けているか……」

肥前守は、平九郎の報告を受けた。

「はい。何か摑んでいるらしく、いろいろ動き廻っています」

平九郎は笑みを浮かべた。

「危ない事はあるまいな……」

肥前守は眉をひそめた。

「流石《さすが》は神道無念流撃剣館《しんとうむねんりゅうげきけんかん》の高弟。そうした懸念は見受けられませぬ」

「ならば良い……」

肥前守は頷いた。

「お奉行、青山麟太郎どの、中々探索の才があるようです。此のまま見守るのが上策かと存じます」

「うむ。暫く好きにやらせるのだな……」

肥前守は微笑んだ。

燭台は、油が少なくなったのか微かな音を鳴らし始めた。

根岸の里には、石神井《しゃくじい》用水のせせらぎの音と水鶏《くいな》の鳴き声が響いていた。

麟太郎とお蔦は、石神井用水沿いの小道を進み、梅屋敷の隣の家の前で立ち止まった。

「此処か……」

麟太郎は、垣根に囲まれた家を眺めた。

「ええ。御免下さい……」

お蔦は、垣根に囲まれた家に声を掛けた。

目利きの本阿弥道悦は、お蔦と麟太郎を座敷に通した。

座敷は石神井用水のせせらぎに面しており、涼やかな微風が吹き抜けていた。

「流石は文人墨客《ぼっかく》風流人が好む根岸の里だな」

「ええ……」

麟太郎とお蔦は、涼やかな微風に解《ほつ》れ髪《げ》を揺らして眼を細めた。

「やあ。お待たせした……」

目利きの本阿弥道悦が、弁慶の役者絵を持って来た。

「で、如何でした……」

お蔦は、身を乗り出した。

「それなのだが、おそらく本物……」

道悦は、弁慶の役者絵を差し出した。

「おそらく本物……」

お蔦と麟太郎は、思わず顔を見合わせた。

「うむ。やはり落款のないのが、どうしても、おそらくを付けてしまうのだ」

道悦は肩を落とした。

「そうですか……」

「それで、目利きの同業者たちにそれとなく写楽の事を訊いてみたのだが、写楽に良く似た絵を描く年寄りがいるそうですぞ」

「写楽に良く似た絵を描く年寄り……」

麟太郎は眉をひそめた。

「ああ。だが、どうにも半分惚《ぼ》けているようでしてな。素性も良く分からないらしい」

「その年寄り、何処にいるか分かるかな」

麟太郎は尋ねた。

「さあ、そこ迄は知らぬが……」

「ならば年寄りの話、誰に聞いたのだ」

「話の出処は、確か茅町《かやちょう》に住んでいる目利きの一色春斎《いっしきしゅんさい》だと思うが……」

「茅町の一色春斎さんだな……」

麟太郎は念を押した。

麟太郎とお蔦は、道悦から弁慶の役者絵を返して貰い、不忍池の畔の茅町に急いだ。

茅町に住む目利きの一色春斎の家は、直ぐに分かった。

麟太郎とお蔦は、一色春斎に逢って写楽に良く似た絵を描く年寄りの事を尋ねた。

「ああ。その年寄りなら此の先に住んでいますよ」

春斎は、事も無げに告げた。

麟太郎とお蔦は、年寄りの住む家に急いだ。

茅町から不忍池の畔を北に進むと喜連川《きつれがわ》藩江戸屋敷がある。

麟太郎とお蔦は、喜連川藩江戸屋敷の裏にある清玄寺《せいげんじ》の山門を潜《くぐ》った。

清玄寺は小さな古寺であり、体格の良い老住職と寺男が境内の手入れをしていた。

麟太郎とお蔦は、老住職の祥雲《しょううん》に挨拶をして写楽に良く似た絵を描く年寄りの事を尋ねた。

「ほう。お前さんが、重三郎の娘で蔦屋の二代目か……」

老住職は、『蔦屋』重三郎を知っていた。

「はい……」

「して、その年寄りに逢ってどうするのだ」

「ちょっと確かめたい事がありまして……」

「確かめた後は……」

老住職は、お蔦に厳しい眼を向けた。

「えっ……」

お蔦は怯んだ。

「御住職、確かめたい事が分かれば、後は何もせず、そっとしておくだけです」

麟太郎は、老住職に告げた。

「まことだな」

老住職は、麟太郎を見据えた。

「はい……」

麟太郎は頷いた。

「ならば、付いて来るが良い……」

老住職は、麟太郎とお蔦を伴って本堂の裏に廻った。

本堂の裏には家作があり、小柄な老人が縁側の壁に寄り掛かってぼんやりと空を眺めていた。

「あっ……」

お蔦は、空を眺めている小柄な年寄りを見て思わず小さな声を洩らした。

「どうした、二代目……」

麟太郎は、お蔦に怪訝な眼を向けた。

「写楽さんです。私が子供の頃にお父っつあんと一緒にいるのを見た事のある写楽さんです」

お蔦は、声を震わせた。

「いいや。あの年寄りは写楽ではない。時々、好きな絵を描いている楽《らく》さんと云う年寄りだ」

　老住職は告げた。

「楽さん……」

　麟太郎とお蔦は戸惑った。

「うむ。楽さんや……」

　老住職は、ぼんやりと空を眺めている年寄りに声を掛けた。

　楽さんと呼ばれた年寄りは、老住職を見て子供のような笑みを浮かべた。

　半分惚けている……。

　麟太郎は、目利きの本阿弥道悦の言葉を思い出した。

「どうかな。身体の具合は……」

　老住職は、楽さんに優しげな声を掛けた。

「上々だよ……」

　楽さんは、まるで麟太郎とお蔦がいないかの如《ごと》くに眼もくれず、老住職だけを見詰めて嬉しげに笑っている。

「麟太郎さん……」

　お蔦は、目顔で楽さんが惚けていると麟太郎に告げた。

「うん……」

麟太郎は、楽さんの傍に置かれた古い金唐革《きんからかわ》の煙草入れに気付いた。そして、煙草入れの根付が狛犬だと知った。

狛犬の阿吽の阿の根付……。

麟太郎は、懐から狛犬の吽の根付を取り出した。

「それは……」

老住職は、白髪眉をひそめた。

「早川敬之助と云う御家人が殺されましてね。その者の家にあった狛犬の吽の根付です」

「早川敬之助……」

老住職は、厳しい面持ちになった。

「御存知なんですね……」

麟太郎は、老住職が事情を知っていると睨んだ。

弁慶の役者絵と狛犬の吽の根付……。

麟太郎とお蔦は、老住職に見せた。

「此は……」

老住職の祥雲は、厳しい面持ちで弁慶の役者絵と狛犬の吽の根付を見詰めた。

「根付は楽さんの狛犬の阿吽の対《つい》の片割れで、弁慶の役者絵は楽さんが描いた物ですね」

麟太郎は睨んだ。

「うむ、相違あるまい……」

祥雲は、麟太郎の睨みを認めた。

「役者絵は御家人の早川敬之助が蔦屋に持ち込んだ物であり、根付はその早川の組屋敷にあった物です」

麟太郎は告げた。

「十日程前か、拙僧が檀家の法事に行って留守の時、早川敬之助と着流しの侍が何処で噂を聞いたのか、楽さんの処にやって来たそうでな。寺男の茂平《もへい》が止めたにも拘わらず、此の絵を持ち去った。狛犬の吽の根付もその時、きっと持ち去ったのだろう」

祥雲は、怒りを滲ませた。

「その着流しの侍、おそらく氷室清一郎と申す浪人です」

「氷室清一郎……」

「はい。その後、おそらく氷室清一郎と早川敬之助は仲間割れをした。そして、氷室が早川を殺して家探しをした」

麟太郎は読んだ。

「家探しをして何を探したの……」

お蔦は眉をひそめた。

「おそらく弁慶の役者絵だが、既に早川が蔦屋に持ち込んだ後だった」

「じゃあ、氷室はそれを知らずに家探しを……」

「うん。その辺かもしれないな。仲間割れの原因は……」

麟太郎は睨んだ。

「ええ。きっとそうよ……」

お蔦は、麟太郎の睨みに頷いた。

「そしてその時、楽さんから持ち去った狛犬の吽の根付を落し、後日、金次と云う遊び人に探しに行かせた」

麟太郎は、一連の出来事を読み終えた。

「役者絵を探しに来て、狛犬の根付を落として行くなんて、どじよねえ……」

お蔦は呆《あき》れた。

「ああ……」

　麟太郎は苦笑した。

「処で祥雲さま、父の重三郎とはどのような拘りで……」

　お蔦は尋ねた。

「拙僧は元は武士でな。若い頃は重三郎と連《つる》んでいろいろ遊び廻っていたものだ」

　祥雲は苦笑した。

「お父っつあんと……」

「うむ。時が過ぎ、拙僧は思う処があって出家してな。重三郎は版元になった。そして、重三郎は楽さんを預かってくれと拙僧の処に連れて来た……」

「お父っつあんが楽さんを……」

「うむ。その頃、楽さんは既に病《やまい》に罹《かか》っていてな。重三郎は養生をさせるつもりだったのだが、病は治らず、進む一方でな。あのように自分が何者かも分からず、時々思い出したように役者絵を描くだけになった」

　祥雲は、楽さんを哀れんだ。

「拙僧は亡くなった重三郎から楽さんを預かる時、養生代と今後の掛かりだと、百両もの大金を渡されていてな。預かった以上は、責任を持って面倒は見るつもりだ」

「じゃあ祥雲さまは、お父っつぁんから楽さんの素性を……」

お蔦は、祥雲を見詰めた。

「聞いている。だが、そいつは一切口外しないであの世に持って行く。そいつが亡くなった重三郎との約束だ」

祥雲は、穏やかに微笑んだ。

「お父っつあんと約束……」

お蔦は眉をひそめた。

「二代目。それで良いじゃあないか……」

麟太郎は笑った。

「ええ……」

「祥雲さま、では、此の弁慶の役者絵と狛犬の吽の根付、楽さんにお返しして下さい」

麟太郎は、弁慶の役者絵と狛犬の吽の根付を祥雲に差し出した。

東洲斎写楽は、僅かな間に仕事をして姿を消した謎の絵師のままで良いのだ。

麟太郎は決めた。

「そうか。ならば確かに……」

祥雲は頷いた。

「和尚さま……」

寺男の茂平が、緊張した顔で入って来た。

「どうした……」

「此の前の着流しの侍が来ました」

茂平は告げた。

「何……」

祥雲は、白髪眉をひそめた。

浪人の氷室清一郎だ……。

「祥雲さま、俺に任せて下さい」

麟太郎は立ち上がった。


夕陽は西の空を赤く染め始めていた。

楽さんは、縁側に腰掛けて夕陽を眩《まぶ》しく眺めていた。

浪人の氷室清一郎は、遊び人の金次と共に座敷に上がって楽さんの描いた役者絵を漁《あさ》っていた。

「物盗りか……」

麟太郎の厳しい声が投げ掛けられた。

氷室と金次は、庭先を振り返った。

庭先に麟太郎が佇み、祥雲とお蔦が楽さんを庇っていた。

金次は激しく狼狽え、転がるように逃げた。

「おのれ……」

氷室は、刀の鯉口《こいぐち》を切った。

「楽さんが病なのを良い事に盗みを働くとは、盗人《ぬすっと》も呆れる汚さだな。氷室清一郎……」

麟太郎は冷笑した。

「何……」

氷室は侮《あざけ》りと蔑《さげす》みを受けた上、名を知られていた事に衝撃を受けた。

「氷室、連んでいた御家人の早川敬之助を殺したのはお前だな……」

麟太郎は、氷室を厳しく見据えた。

「勝手な真似をしやがって、俺を出し抜こうとした報いだ」

氷室清一郎は、御家人早川敬之助殺しを認めた。殺した理由は、どうやら麟太郎の睨んだ通りのようだった。

「勝手な真似をしようが出し抜こうが、所詮は悪党同士の醜《みにく》い殺し合いに過ぎぬ」

麟太郎は、吐き棄てた。

「手前、何者だ……」

氷室は、怒りを滲ませた。

「俺か、俺は閻魔堂赤鬼《あかおに》だ……」

麟太郎は、苦笑しながら云い放った。

「閻魔堂赤鬼だと……」

氷室は、怒りを募らせた。

「ああ。閻魔に命じられて悪党を始末する赤鬼だ……」

麟太郎は嘲笑《わら》った。

「巫山戯《ふざけ》るな……」

氷室は、座敷から庭先にいる麟太郎に向かって飛び下りながら抜き打ちの一刀を放った。

麟太郎は、大きく跳《と》び退《の》いて躱した。

氷室は、踏み込んで二の太刀を放った。

麟太郎は、僅かに身体を反らして二の太刀を見切り、踏み込みながら抜き打ちの一刀を横薙《よこな》ぎに一閃《いっせん》した。

閃光が走り、血煙《ちけむり》が舞った。

麟太郎は、残心の構えを取った。

氷室は顔を醜く歪《ゆが》め、胸元に血を滲ませて横倒しに崩れた。

麟太郎は、残心の構えを解いて氷室の生死を見定めた。

浪人の氷室清一郎は息絶えていた。

麟太郎は見定め、刀に拭いを掛けて鞘《さや》に納めた。

「麟太郎さん……」

お蔦は、心配そうに麟太郎を窺った。

「二代目、漸く次の絵草紙の話が出来たようだ……」

麟太郎は笑った。

南町奉行所内与力の正木平九郎は、南町奉行の根岸肥前守の許にやって来た。

「どうした……」

「はっ。只今、臨時廻り同心の梶原八兵衛から御家人早川敬之助殺し、落着したとの報せがありました」

平九郎は告げた。

「早川を殺した者、何者だった……」

「氷室清一郎と申す浪人でございまして、不忍池近くの清玄寺と申す寺に押込み、偶々《たまたま》住職を訪れていた者に斬り棄てられたそうにございます」

「住職を訪れていた者に……」

肥前守は、言い知れぬ予感に襲われた。

「はい……」

「何者だ」

「青山麟太郎どのにございます」

平九郎は、肥前守を見詰めた。

「麟太郎が……」

肥前守は、言い知れぬ予感の元が何かに気付いた。

「はい……」

「そうか。早川を殺した氷室清一郎なる浪人、麟太郎が斬り棄てたか……」

「はい」

「平九郎、氷室が御家人の早川敬之助を殺したのは、間違いないのだな」

「はっ。氷室が早川殺しを認めたのは、清玄寺の住職祥雲和尚《おしょう》も聞いております」

「そうか。して、梶原は麟太郎を如何致した」

「放免したそうにございます」

「そうか……」

「如何致しますか……」

「何事も事件を扱った臨時廻り同心の梶原八兵衛の始末の通りにすべきであろう」

「承知しました。では……」

「平九郎、引き続き麟太郎をな……」

「心得ております」

平九郎は微笑み、肥前守に一礼して出て行った。

「青山麟太郎か……」

肥前守は呟いた。

庭には、木洩《こも》れ日が眩しく揺れていた。

麟太郎は、御家人早川敬之助殺しの真相を絵草紙の話に書き上げた。

題名は『大江戸閻魔帳・御家人殺し亡者の悪徳』であり、戯作者は閻魔堂赤鬼とされていた。

絵草紙の中では、早川敬之助と氷室清一郎が東洲斎写楽の贋作を使って騙《かた》りを企て、仲間割れをしたとされていた。

そこには、写楽の贋作については書かれていたが、写楽個人に就《つ》いては何も書き記《しる》されてはいなかった。

東洲斎写楽は、僅かな間に多くの傑作を遺して消えた謎の絵師なのだ。

それで良い……。

閻魔堂赤鬼こと青山麟太郎は、書き上げた絵草紙の話を懐に入れて地本問屋『蔦屋』に走った。

第二話　駆落ち始末

一

夏の陽差しは強く、浜町堀《はまちょう》の流れを眩《まぶ》しく輝かせていた。

「暑い……」

戯作者《げさくしゃ》閻魔《えんま》堂赤鬼《どうあかおに》こと青山麟太郎は、筆を置いて下帯一本になり、風通しの悪い閻魔長屋の家を出た。

昼下りの閻魔長屋の外には誰もいなく、麟太郎は井戸端で水を被《かぶ》った。

水は火照《ほて》った身体《からだ》を冷やし、外気を涼やかに感じさせた。

麟太郎は、静けさに覆《おお》われた閻魔長屋を出た。そして、木戸の隣の閻魔堂の日陰に腰掛け、大きく背伸びをした。

微風が吹き抜けた。

良い風だ……。

麟太郎は、微風の涼しさを楽しんだ。

派手な半纏《はんてん》を着た男と二人の浪人が、辺りに誰かを捜《さが》しながらやって来た。

胡散臭《うさんくさ》い奴らだ……。

麟太郎は、下帯一本で一瞥《いちべつ》した。

「兄《あに》い、こっちに若い大工が来なかったかな」

派手な半纏を着た男が、薄笑いを浮かべながら麟太郎に訊《き》いてきた。

「若い大工……」

麟太郎は眉《まゆ》をひそめた。

「ああ……」

「さあ、知らないな……」

麟太郎は首を傾《かし》げた。

「そうかい。知らねえか……」

「行くぞ、丑松《うしまつ》……」

浪人が、麟太郎に尋ねていた派手な半纏を着た男を呼んだ。

「へい……」

丑松と呼ばれた派手な半纏を着た男は、浜町堀の方に立ち去って行く浪人たちを追った。

「何だ、彼奴《あいつ》ら……」

麟太郎は、立ち去って行く丑松たちを眉をひそめて見送った。

閻魔堂の中から物音がした。

「うん……」

麟太郎は立ち上がり、閻魔堂の格子戸越しに中を覗《のぞ》いた。

閻魔堂の中は薄暗く、眼を剝《む》いた閻魔像が奥に鎮座していた。

その陰に人影が僅《わず》かに見えた。

誰かいる……。

麟太郎は、格子戸を開けた。

人影は、閻魔像の陰に隠れた。

「何をしている。出て来い……」

麟太郎は呼び掛けた。

印半纏を着た若い大工は、緊張した面持ちで閻魔像の陰から現れた。

若い大工……。

丑松たち胡散臭い奴らが探していた奴だ。

麟太郎は気付き、思わず閻魔堂の周囲を見廻した。

丑松たちはいない……。

麟太郎は見定めた。

「大丈夫だ。お前を捜していた奴らは立ち去った」

麟太郎は告げた。

「は、はい……」

若い大工は、麟太郎の言葉が信用出来ないのか、不安と警戒を露《あら》わにして出て来るのを躊躇《ためら》った。

「本当だ。お前も早く立ち去れ」

麟太郎は苦笑した。

「はい……」

若い大工は、覚悟を決めて閻魔堂から出て来た。

「奴らは浜町堀の方に行った。こっちから早く行くが良い」

麟太郎は、浜町堀とは反対の通りに行くように促した。

「はい。ありがとうございました」

若い大工は、麟太郎に深々と頭を下げて小走りで立ち去って行った。

麟太郎は見送った。

若い大工が何処《どこ》の誰で、何故《なにゆえ》に追われているのか知らない。だが、胡散臭い丑松たちが追っている限り、若い大工は決して悪い奴ではない筈《はず》だ。

麟太郎は、己の勝手な判断に頷《うなず》いた。

「あら、何してんのよ」

麟太郎は、お蔦の声に振り返った。

地本《じほん》問屋『蔦屋《つたや》』のお蔦が佇《たたず》んでいた。

「おう、二代目……」

「何してんのよ。そんな格好で……」

お蔦は眉をひそめた。

麟太郎は、己が下帯一本なのに気付いた。

「う、うん。暑くてな、ちょいと涼んでいた」

麟太郎は狼狽《うろた》えた。

「それで書き上がったの。〆切《しめき》りはとっくに過ぎてんのよ」

「そいつは分かっているんだが、何しろ暑くてな。此《こ》の始末だ……」

「冗談じゃありませんよ。番頭さんの反対を押し切って前借りをさせているんですからね」

お蔦は、頬《ほお》を膨《ふく》らませた。

「すまん。急いで何とか書き上げるよ」

麟太郎は詫《わ》びた。

「でもねえ、長屋の狭い家じゃあ、本当に暑いだろうしねえ」

お蔦は、下帯一本で佇んでいる麟太郎を哀れんだ。

隅田川《すみだがわ》を吹き抜ける風は涼やかだった。

麟太郎は、隅田川を望む部屋に文机《ふづくえ》を据えて、転《うた》た寝《ね》をしていた。

お蔦は、あれから亡き父親の『蔦屋』重三郎が時々使っていた向島《むこうじま》の別宅を思い出し、麟太郎の仕事の時に貸す事にした。

麟太郎は喜び、向島の水神《すいじん》の近くにある重三郎の別宅に移った。

別宅は小さな家であり、座敷からは隅田川が眺められ、涼やかな川風が吹き抜けていた。

麟太郎は、座敷に文机を置き、墨を磨《す》って筆を揃《そろ》え、紙を広げた。

「さあて、書くぞ……」

麟太郎は意気込んだ。

しかし、吹き抜ける川風は心地好く、麟太郎をあっと云《い》う間に転た寝の世界に引き摺《ず》り込んだ。

麟太郎は、盛大に鼾《いびき》を掻《か》いて転た寝をした。

隅田川の流れは月影を揺らし、向島は虫の音《ね》に覆われていた。

蚊《か》遣《や》りは、縁側で揺れる紫煙を立ち上らせていた。

麟太郎は、行燈《あんどん》の明かりを頼りに絵草子を書いていた。

近くの木母寺《もくぼじ》の鐘が亥《い》の刻《こく》四つ（午後十時）を報せた。

「亥の刻か……」

麟太郎は、筆を置いて厠《かわや》に立った。

厠には、格子窓から月明かりが差し込んでいた。

麟太郎は、用を足しながら格子窓の外を眺めた。

格子窓の向こうには裏庭があり、向島の土手道が見えた。

二つの人影が助け合うように、向島の土手道を本所《ほんじょ》からやって来た。
亥の刻四つに向島の土手道を行き交う者は滅多《めった》にいない。
夜更けに何処に行くんだ……。
麟太郎は、怪訝《けげん》な面持ちで見守った。
近付いて来る二つの人影は、どうやら男と女のようだった。
男は女を抱くように支え、土手道を急ぎ足で通り過ぎて行った。
月明かりに男の顔が僅かに見えた。
えっ……。
麟太郎は戸惑った。
男は若く、僅かに見えた顔には見覚えがあった。
何処の誰だ……。
麟太郎は厠を出た。
　土手道は月明かりに照らされていた。
麟太郎は、小さな家の前に出て土手道を眺めた。
若い男と女は、互いに支え合うかのように土手道を木母寺の陰に去って行った。

木母寺の先は関屋《せきや》ノ里や綾瀬川《あやせがわ》があり、隅田川の流れは千住《せんじゅ》に続く。
若い男と女は夜更けに何処に行ったのか……。
二人は何者なのか……。
麟太郎は、見覚えのある若い男が何処の誰か思い出そうとした。
何処かで出逢った男に間違いない……。
だが、麟太郎は思い出さなかった。
夜の向島は、蒼白い月明かりと涼やかな虫の音に覆われ続けた。

浜町堀に架かっている緑橋を渡ると通油町《とおりあぶらちょう》であり、地本問屋『蔦屋』があった。
麟太郎は、店の奥の座敷で『蔦屋』の二代目お蔦が原稿を読み終えるのを待っていた。
遅い……。
面白くなくて、考え込んでいるのか……。
麟太郎は、微《かす》かな焦りを覚え、出されていた冷たい茶を飲んだ。
「おまちどおさま……」
お蔦がやって来た。

「おう。どうかな……」

麟太郎は、慌てて焦りを隠した。

「面白いじゃない。閻魔堂赤鬼先生……」

お蔦は笑った。

「そうか……」

麟太郎は、思わず安堵《あんど》に顔を綻《ほころ》ばせた。

「でも、ちょっと色気が足らないのよね」

お蔦は眉を曇らせた。

「色気……」

麟太郎は、思わず眼を瞑《つむ》った。

「ええ……」

「そうか、色気が足らないか……」

麟太郎は、戯作者閻魔堂赤鬼の弱点を良く知っていた。

「でも、色気が足らないのが閻魔堂赤鬼先生の良い処《ところ》かもしれないし……」

お蔦は笑った。

「そうだ。そいつが閻魔堂赤鬼の良い処だ」

麟太郎は、確信を持って頷いた。

「分かったわ……」

お蔦は苦笑し、原稿を引き取った。

麟太郎は、秘《ひそ》かに安堵した。

「じゃあ、今日はこれで、向島でゆっくり休んで下さいな。御苦労さま……」

お蔦は座を立った。

「あっ、二代目……」

麟太郎は、思わず腰を浮かした。

「あら、稿料は前貸ししてあったわよね」

お蔦は、笑顔で突き放した。

「二代目、そこを何とか、気持ちだけでも貸してくれ……」

麟太郎は、お蔦に手を合わせた。

取り敢えず一分《いちぶ》……。

お蔦は、自分の財布から一分を麟太郎に貸した。

一分は四分の一両でそれなりの金額だ。

「麟太郎さん、その代わり、直《す》ぐに次の絵草子に掛かってよ」

「心得た」

麟太郎は、一分銀を握り締めて元浜町の閻魔長屋の家に行き、必要な物を持って閻魔堂に手を合わせ、両国《りょうごく》広小路に向かった。

うん……。

両国広小路の手前、横山《よこやま》三丁目に差し掛かった時、大店《おおだな》から派手な半纏を着た男が二人の浪人と出て来た。

丑松……。

麟太郎は、派手な半纏を着た男が閻魔堂の前で逢った丑松だと気付いた。そして、一緒に出て来た浪人は、丑松と逢った時にいた者たちだった。

丑松と二人の浪人が出て来た大店は、大名旗本家御用達《ごようたし》の金看板を掲げた老舗《しにせ》呉服屋の『大角屋《だいかくや》』だった。

似合わない……。

麟太郎は、丑松と二人の浪人が老舗呉服屋『大角屋』と似合わないと思った。

丑松と二人の浪人は、行き交う人々を見廻しながら両国広小路に向かった。

あっ……。

麟太郎は、丑松たちが捜していた若い大工を思い出した。

あの時の……。

麟太郎は、若い大工が夜更けの向島の土手道を女と行った男だと気付いた。

よし……。

麟太郎は、丑松と二人の浪人の後を尾行《つけ》ようとした。

「やあ、閻魔堂の先生……」

麟太郎は振り返った。

岡っ引の連雀《れんじゃく》町《ちょう》の辰五郎が背後にいた。

「やあ、連雀町の親分。ちょいと急いで……」

麟太郎は、丑松たちを見失うと焦った。

「派手な半纏の野郎と浪人共は、亀吉が追いましたぜ」

辰五郎は遮《さえぎ》った。

「えっ、亀さんが……」

麟太郎は戸惑った。

「ええ。閻魔堂の先生が尾行ようとしているのを見ましてね」

辰五郎は笑った。

「そうでしたか……」

下っ引の亀吉は玄人《くろうと》だ。丑松たちが何をしているのか見届けて来るだろう。

麟太郎は安堵した。

「どうです。ちょいと蕎麦《そば》でも手繰《たぐ》りませんかい……」

辰五郎は誘った。

老舗呉服屋『大角屋』がどんな店か知っているかもしれない……。

「ええ。良いですね……」

麟太郎は頷いた。


大川には様々な船が行き交っていた。

両国広小路を抜けた丑松と二人の浪人は、大川に架かっている両国橋を渡って本所に入った。

下っ引の亀吉は、充分に距離を取って慎重に追った。

丑松と二人の浪人は、本所回向院《えこういん》の境内《けいだい》を抜けて松坂町一丁目に出た。

何処に行くのだ……。

亀吉は追った。

丑松と二人の浪人は、松坂町一丁目の裏長屋を訪れた。

亀吉は見届けた。

丑松と二人の浪人は、井戸端にいたおかみさんに奥の家を示して何事かを尋《たず》ね始めた。

奥の家に住む者を調べている……。

亀吉は見守った。

写楽の一件以来、麟太郎は岡っ引の連雀町の辰五郎や下っ引の亀吉と親しく付き合うようになっていた。

辰五郎は、麟太郎を神田川に架かっている柳橋《やなぎばし》の袂《たもと》にある蕎麦屋『藪十《やぶじゆう》』に誘った。

井戸で冷やされた酒は美味《うま》かった。

麟太郎と辰五郎は、蕎麦を肴《さかな》に冷や酒を飲み始めた。

「で、奴らは何者ですか……」

辰五郎は、麟太郎に酌《しやく》をした。

「すまぬ。いつでしたか、奴ら、若い大工を捜していましてね……」

麟太郎は、丑松と出逢った経緯《いきさつ》を教えた。

「へえ。若い大工ねえ……」

辰五郎は眉をひそめた。

「うん。で、そんな胡散臭い奴らが老舗呉服屋の大角屋に出入りをしていたので、ちょいと気になりましてね」

「そうでしたか……」

「で、親分、大角屋ってのはどんな店で、旦那はどんな奴ですか……」

「大角屋の今の吉右衛門《きちえもん》の旦那は三代目でしてね。初代が店を始め、二代目が大名旗本家の御用達などに食い込んで大きく育て、三代目は苦労知らずって話ですぜ」

辰五郎は苦笑した。

「へえ、三代目の旦那の吉右衛門は苦労知らずですか……」

「ええ。未《ま》だ三十代なのですがね。若い頃から悪い仲間と連《つる》んでいた遊び人だとか……」

辰五郎は、嘲《あざけ》りを浮かべた。

「じゃあ、丑松や二人の浪人は、その頃から連んでいる遊び仲間なのかな……」

麟太郎は首を捻《ひね》った。

「きっと……」

辰五郎は頷いた。

「でも、そうなると商《あきな》いの方は……」

「そいつが、先代の時からの番頭たちがしっかりしていましてね。店はそれなりに繁盛していますよ」

「成《な》る程《ほど》、上手《うま》くしたもんですね」

麟太郎は苦笑した。

「ええ……」

「じゃあ親分、丑松や浪人は旦那の吉右衛門の指図で若い大工を捜しているのですかね」

麟太郎は読んだ。

「でしょうね……」

「だったら、大店の旦那の吉右衛門が、若い大工を捜す理由は何なんですかね」

麟太郎は眉をひそめた。

「分かりました。ちょいと探ってみますか……」

辰五郎は微笑《ほほえ》んだ。

「ありがたい。お願いします」
麟太郎は、辰五郎に頭を下げた。

二

松坂町一丁目の裏長屋は、昼間の静けさに包まれていた。
丑松と二人の浪人は、裏長屋の木戸の陰から奥の家を見張っていた。
亀吉は見守った。
半刻《はんとき》（約一時間）近くが過ぎた。
奥の家の腰高障子が開き、初老の浪人が風呂敷包みを手にして出て来た。
浪人の成島兵衛《なるしまひょうえ》だ……。
亀吉は、既《すで》に裏長屋の奥の家に住んでいる住人の名を突き止めていた。
成島兵衛は一人暮らしであり、黄楊櫛《つげぐし》作りを生業《なりわい》にしていた。
丑松と二人の浪人は、裏長屋から出掛けて行く成島を追い始めた。
初老の浪人をどうして尾行るのか……。
亀吉は、想いを巡らせながら続いた。

本所竪川《たてかわ》は大川と下総中川《しもうさなかがわ》を結び、様々な産物を運ぶ荷船が行き交っていた。

成島兵衛は、竪川に架かっている一つ目之橋を渡り、公儀御舟蔵の横手を深川小名《おな》木川《ぎがわ》に進んだ。

丑松と二人の浪人は追った。

亀吉は続いた。

成島は、小名木川に架かる万年橋《まんねんばし》を渡って大川沿いを進み、深川清住町《きよすみちょう》に入った。

清住町の外れ、大川に面した処に櫛問屋はあった。

成島は、櫛問屋の暖簾《のれん》を潜《くぐ》った。

櫛問屋に作った黄楊櫛を納めに来た……。

亀吉は睨《にら》んだ。

丑松と二人の浪人は、物陰で成島が櫛問屋から出て来るのを待った。

半刻が過ぎた。

成島が櫛問屋から現れ、来た道を戻り始めた。

丑松と二人の浪人は追った。

亀吉は続いた。

大川は何事もなく流れ続けた。

町奉行は、巳《み》の刻四つ（午前十時）に登城して未《ひつじ》の刻八つ（午後二時）に下城する。

根岸肥前守《ひぜんのかみ》は、南町奉行所内にある役宅に戻った。

内与力《うちよりき》の正木平九郎が待っていた。

「どうした……」

「はっ。青山麟太郎どの、又何やら面倒に首を突っ込みそうだと……」

平九郎は報せた。

「麟太郎が……」

肥前守は眉をひそめた。

「はい。臨時廻り同心の梶原八兵衛から報せが参りました」

梶原八兵衛は、連雀町の辰五郎に手札を渡している臨時廻り同心だ。

「どのような面倒なのだ……」

「仔細《しさい》は未だですが、何やら老舗の呉服屋が絡《から》んでいるようだとか……」

「そうか。して平九郎、その方はどう思う」

「麟太郎どの、暫《しばら》く此《こ》のままに……」

平九郎は微笑んだ。

「良かろう。だが、な……」

肥前守は、平九郎を見据えた。

「心得ております。では……」

平九郎は、下がって行った。

「青山麟太郎……」

肥前守は、庭を眺めた。

庭には木洩《こも》れ日が揺れていた。

「孫か……」

肥前守は、庭の木洩れ日を眩しげに眺めた。


日が暮れた。

呉服屋『大角屋』は大戸を下ろして店を閉めた。

僅かな刻《とき》が過ぎ、通いの奉公人たちが帰り始めた。

辰五郎は、通い女中の中年女に眼を付けた。

通い女中の中年女は、人通りの途絶《とだ》えた両国広小路を足早に横切り、神田川に架かっている柳橋に差し掛かった。

辰五郎は呼び止めた。

通い女中の中年女は、怯《おび》えた面持ちで立ち止まった。

「驚かせてすまねえ。俺は連雀町の辰五郎って者でね……」

辰五郎は、懐《ふところ》の十手を見せた。

「何だ。親分さんですか……」

中年女は、微かな安堵を過《よ》ぎらせた。

「ああ。ちょいと訊きたい事があってね」

辰五郎は、素早く中年女に小粒を握らせた。

「あら……」

中年女は、戸惑いを浮かべた。

「遠慮は無用だよ」

辰五郎は、親しげに笑い掛けた。

「親分さん、訊きたい事って何ですか……」

中年女は笑い、小粒を固く握り締めた。

「うん。大角屋だが、遊び人や浪人なんかの胡散臭い奴らが出入りしているようだが、何か変わった事でもあったのかな……」

辰五郎は、聞き込みを開始した。

神田川の流れに映える月影は揺れた。


向島の土手道の桜並木は、隅田川を吹き抜けた風に枝の葉を揺らしていた。

翌日、岡っ引の連雀町の辰五郎は、麟太郎のいる故『蔦屋』重三郎の向島の別宅を訪れた。

麟太郎は、茶を淹《い》れながら辰五郎の話を聞いた。

「じゃあ親分。亀さんの話では、丑松と浪人共は本所松坂町の長屋に住んでいる成島兵衛って浪人を見張っているんですね」

麟太郎は、淹れた茶を辰五郎に差し出した。

「ええ。こいつはどうも……」

辰五郎は頷き、茶の礼を云った。

「いいえ。どうぞ……」

「はい。で、麟太郎さん、亀吉に聞いた限りじゃあ、丑松たちは成島兵衛さんが何処かに行くのを待っているのかもしれませんね」

辰五郎は読んだ。

「成る程、で、亀さんは……」

「成島さんと丑松たちを見張っていますよ」

辰五郎は茶を飲んだ。

亀吉は、浪人の成島兵衛を見張る丑松たちを見張りに行っているのだ。

「そうですか……」

「それから、呉服屋の大角屋ですがね……」

「何か分かりましたか……」

「どうやら、お内儀《かみ》さんがいなくなったらしいんですよ」

辰五郎は、通いの中年女中に訊いた事を語り始めた。

「お内儀さんがいなくなった……」

麟太郎は驚き、素《す》っ頓狂《とんきょう》な声をあげた。

「ええ。お内儀はおすみさんと仰《おっしゃ》いましてね。七日前、不意に姿を消しちまったそうですよ」

辰五郎は、面白そうに告げた。

「お内儀のおすみさんが、七日前、不意に……」

麟太郎は眉をひそめた。

閻魔堂の前で丑松たちと初めて逢ったのは五日前であり、若い大工が女と夜更けの向島の土手道を行ったのは四日前だ。

「ええ。それで吉右衛門旦那が人を雇って捜しているとか……」

「そいつが丑松と二人の浪人ですか……」

「きっと……」

辰五郎は頷いた。

「親分、四日前の夜更け、此の土手道を若い大工が女と一緒に関屋ノ里の方に行ったのを見掛けましてね」

「若い大工が女と……」

辰五郎は、緊張を滲《にじ》ませた。

「ええ。その女が不意に姿を消した大角屋のお内儀のおすみさんですかね……」

麟太郎は読んだ。

「それで吉右衛門の旦那は、お内儀さんが若い大工と一緒だと気が付き、丑松たちに若い大工を捜させている……」

辰五郎は睨んだ。

「じゃあ、丑松たちが見張っている松坂町の成島兵衛さんは、若い大工とお内儀のおすみさんに何らかの拘《かかわ》りがありますか……」

「おそらく。で、丑松たちは成島兵衛さんが若い大工とお内儀のおすみさんのいる処に行くのを待っている……」

辰五郎は苦笑した。

「ええ。処で親分、お内儀のおすみさん、どうして不意に姿を消したんですかね」

麟太郎は困惑を浮かべた。

「さあて、そこが未だ良く分からない処でしてね。ま、只《ただ》の駆落《かけお》ちなら良いんだが……」

「駆落ちですか……」

「ええ。でも、只の駆落ちでもないようだ」

辰五郎は眉をひそめた。

「そうですか……」

二人の失踪には何かが隠されている……。

麟太郎は睨んだ。

縁側の外に見える隅田川は陽差しに煌《きら》めき、荷船の船頭の唄う歌が長閑《のどか》に響いていた。

裏長屋の奥の家の腰高障子が開いた。

成島兵衛が現れ、後ろ手に腰高障子を閉めて裏長屋を出た。

木戸の陰から丑松と二人の浪人が現れ、成島兵衛を追った。

亀吉は尾行た。

成島兵衛は、松坂町から竪川に向かった。

丑松と二人の浪人が追い、亀吉が続いた。

成島兵衛は、竪川沿いの道を東に進んだ。

丑松と二人の浪人は追った。

成島は、落ち着いた足取りで竪川に架かる二つ目之橋と三つ目之橋の袂を過ぎ、横川に架かる北辻橋《きたつじばし》を渡って尚《なお》も東に進んだ。

何処まで行くのだ……。

亀吉は追った。

成島は、四つ目之橋の袂を過ぎ、横十間川《よこじっけんがわ》に架かっている旅所橋《たびしょばし》の手前を北に曲がった。

丑松と二人の浪人は追った。

成島は、横十間川沿いを北に進んだ。

その先には天神橋《てんじんばし》があり、学問の神様として親しまれている亀戸《かめいど》天満宮がある。

天神さまに行くのか……。

亀吉は読んだ。

成島は、宇都宮《うつのみや》藩江戸下屋敷の傍《そば》を抜けて田畑沿いに出た。

行き交う人はいなかった。

成島は、不意に立ち止まって振り返った。

丑松と二人の浪人は、隠れる暇もなく姿を晒《さら》した。

「下手《へた》な真似《まね》はするな……」

成島は、嘲笑《ちょうしょう》を浮かべた。

「おのれ……」

「大工の勇次《ゆうじ》とお内儀は何処にいる……」

二人の浪人は、尾行が気付かれていたのに狼狽え、焦った。
「知りたいか……」
成島は、丑松と二人の浪人を冷たく見据えた。
「云え、何処にいる……」
二人の浪人は、猛然と成島に斬り掛かった。
成島は、腰を僅かに沈めて刀を抜打ちに閃《ひらめ》かせた。
閃光《せんこう》が走り、血飛沫《ちしぶき》が散った。
二人の浪人は手足を斬られ、土煙を舞いあげて倒れた。
鮮やかな居合い抜きだった。
亀吉は、驚きに眼を瞠《みは》って立ち竦《すく》んだ。
成島は、素早く丑松に迫った。
丑松は悲鳴を上げ、己から横十間川に飛び込んで逃げた。
水飛沫が煌めいた。
成島は苦笑し、足早に北に進んで行った。
亀吉は、慌てて倒れている二人の浪人に駆け寄った。
二人の浪人は、手足から血を流して気を失っていた。

成島に斬り殺す気はなかったのだ。
亀吉は知った。そして、慌てて呼び子笛を吹き鳴らした。

古い橋は、綾瀬川が隅田川と繋《つな》がる処に架かっている。
麟太郎は、別宅を出て水神と木母寺の傍《かたわ》らを抜け、土手道を北に進んだ。
あの夜、若い大工は女を支えるように抱いて北に向かっていた。
麟太郎は、田畑の緑に点在している百姓家を眺めた。
あの夜の若い大工と女は、点在している百姓家の何処かに潜んでいるのかもしれない。
麟太郎は、土手道を進んで綾瀬川に架かっている古い橋に出た。
綾瀬川沿いの緑の田畑には、やはり様々な百姓家があった。
若い大工と女は、此の辺りの何処かにいるのだ……。
麟太郎の勘が囁《ささや》いた。
着流しの初老の浪人が、綾瀬川沿いの田舎道を長閑な足取りで去って行く。
麟太郎は、隅田川の上流を眺めた。
隅田川の流れを上流に遡《さかのぼ》れば、千住の宿《しゅく》に行き着く。

麟太郎の鬢《びん》の解れ髪《ほつげ》は、隅田川を吹き抜ける川風に揺れた。

呉服屋『大角屋』の主《あるじ》の吉右衛門は町駕籠《まちかご》に乗り、総髪の浪人を供にして出掛けた。

連雀町の辰五郎は、物陰から現れて追った。

吉右衛門を乗せた町駕籠は、総髪の浪人を従えて柳原《やなぎわら》通りに向かった。

辰五郎は尾行た。

総髪の浪人は、町駕籠の脇に付いて警戒するように辺りを窺《うかが》っていた。

用心棒か……。

辰五郎は睨んだ。

老舗呉服屋の旦那が、用心棒を雇うなど滅多にない事だ。

何かある……。

吉右衛門を乗せた町駕籠は、総髪の用心棒を従えて柳原通りを八ツ小路に進んだ。

辰五郎は追った。

浅草駒形町《こまがたちょう》の大工『大喜』は、駒形堂の傍にあった。

麟太郎は、若い大工が着ていた印半纏の背に丸に大喜の文字が書かれていたのを思い出し、辰五郎に『大喜』の屋号の大工がいるか尋ねた。

辰五郎は、浅草駒形町に『大喜』の屋号の大工がいるのを教えてくれた。

麟太郎は、浅草駒形町の大工『大喜』を訪れ、棟梁《とうりよう》の喜多八《きたはち》に逢った。

「で、御用とは……」

「棟梁、呉服屋大角屋に出入りは……」

「ええ。先代に可愛がられましてね。今はちょいとした建増しや修繕ぐらいなので、若いのに任せておりますよ」

喜多八は、煙管《きせる》を燻《くゆ》らせた。

「若いのとは……」

「勇次って者でしてね。若いのに腕の良い大工でしてね」

「勇次……」

「ええ。時々、あっしの代わりに棟梁を任せる時もありますぜ」

「その勇次、住まいは何処ですか……」

「浜町堀は高砂町の長屋に一人暮らしですよ」

「高砂町……」

高砂町は、麟太郎の住む元浜町に近い町だ。

麟太郎は、若い大工の勇次が丑松と二人の浪人に追われて閻魔堂に隠れた理由を知った。

「そうですか……」

「青山さま、勇次が何かしたんでしょうか……」

「えっ……」

「此の処、顔を見せないし、先日も遊び人が訪ねて来たりしましてね……」

喜多八は眉をひそめた。

丑松が捜しに来たのだ……。

麟太郎は読んだ。

料理屋『青柳』は、不忍池《しのばずのいけ》の畔《ほとり》の雑木林の奥にあった。

呉服屋『大角屋』の主の吉右衛門は、町駕籠を帰し、用心棒の浪人を従えて料理屋『青柳』の木戸門を潜った。

岡っ引の辰五郎は見届けた。

吉右衛門は、料理屋『青柳』で誰かと逢うのだ。

辰五郎は、吉右衛門が誰と逢うのか気になった。

料理屋『青柳』から老下足番が現れ、店の表の掃除を始めた。

「よし……」

辰五郎は、掃除を始めた老下足番に近付いた。

「やあ……」

辰五郎は、老下足番に笑い掛けながら懐の十手を見せた。

「こりゃあ親分さん……」

老下足番は、微かな怯えを過ぎらせた。

「今、呉服屋の大角屋の旦那が来たね」

辰五郎は尋ねた。

「は、はい……」

老下足番は頷いた。

「大角屋の旦那、何処の女と逢引きしてるのかな」

辰五郎は鎌を掛けた。

「えっ。親分さん、吉右衛門の旦那が逢っているのは女じゃありません。口利き屋の利平《りへい》って奴ですよ」

老下足番は、口利き屋の利平が嫌いなのか吐き棄てた。

「口利き屋の利平……」

辰五郎は眉をひそめた。

「ええ。問屋の余った絹織物を安く買えると呉服屋に口を利く商売だそうですよ」

「まさか騙《かた》りじゃあないだろうな」

辰五郎は読んだ。

本物が余ったので安く買えると云って金を貰《もら》い、贋物《にせもの》を納める騙りの手口がある。

「さあ、そこ迄《まで》はわかりませんがね」

老下足番は苦笑した。

「で、大角屋の旦那、その口利き屋の利平と良く逢っているのかな」

辰五郎は訊いた。

「ええ。まあ……」

老下足番は、言葉を濁《にご》しながら頷いた。

呉服屋『大角屋』の主の吉右衛門は、口利き屋の利平と逢って何をしているのだ。

辰五郎は、吉右衛門に胡散臭さを感じずにはいられなかった。

蕎麦屋『藪十』の軒行燈《のきあんどん》が灯《とも》された。

麟太郎は、連雀町の岡っ引辰五郎や下っ引の亀吉と落ち合い、蕎麦を肴《さかな》に酒を飲み始めた。

「で、亀吉、成島兵衛さん、丑松と一緒にいた二人の浪人の手足を斬ったのか……」

辰五郎は眉をひそめた。

「ええ。抜打ちの一太刀、刀が光ったと思ったら二人の浪人が手足から血を流して倒れていましてね。そりゃあ、見事なものでしたよ」

亀吉は、蕎麦を啜《すす》りながら感心した。

「へえ。そいつは、かなりの遣い手だな……」

麟太郎は、成島兵衛が居合抜きの遣い手なのだと知った。

「で、成島兵衛はどうした」

「そのまま北十間川に向かいましてね。斬られた二人の浪人をお医者に運ぶ手配りをしている内に……」

「見えなくなったか……」

「はい。それで松坂町の長屋に走ったのですが、帰っちゃあいませんでした」

亀吉は、辰五郎に報せた。

「姿を消したか……」

辰五郎は睨んだ。

「はい。何処に行っちまったのか……」

亀吉は頷き、蕎麦を啜り続けた。

「亀さん、その時、成島兵衛と丑松たちは何か云っていませんでしたかね」

麟太郎は尋ねた。

「そう云えば、大工の勇次とお内儀は何処にいると。浪人が成島さんに訊いていましたよ」

亀吉は眉をひそめた。

「大工の勇次とお内儀ですか……」

夜の向島の土手道を勇次と一緒に去って行った女は、やはり呉服屋『大角屋』のお内儀のおすみなのだ。

「麟太郎さん、じゃあ、大工の勇次って云うのが……」

「ええ。浅草駒形町の大工大喜の勇次。丑松たちに追われている若い大工です」

麟太郎は報せた。

「そうですか……」

辰五郎は頷いた。

「処で親分、大角屋や旦那にお内儀のおすみさんが逃げ出したくなるような理由、何かありましたか……」

「そいつなんですがね。ひょっとしたら大角屋の吉右衛門、騙りに絡んでいるのかもしれませんぜ」

辰五郎は、厳しさを滲ませた。

「騙り……」

麟太郎は眉をひそめた。

「ええ。梶原の旦那に云って、明日からちょいとその辺を探ってみますよ」

辰五郎は小さく笑った。

「はい……」

麟太郎は頷いた。

蕎麦屋『藪十』は訪れる客も少なく、夜は静かに更けて行った。

三

向島の土手道は、夏の陽差しに白く輝いていた。

お蔦は、鰻《うなぎ》の蒲焼《かばや》きを土産《みやげ》に『蔦屋』の別宅にやって来た。

麟太郎は、筆を置いて迎えた。

「あら、未だ此《これ》だけなの……」

お蔦は、麟太郎の書き掛けの原稿を見て眉をひそめた。

「う、うん。ちょいといろいろあってな」

麟太郎は狼狽えた。

「いろいろって何よ。稿料は前貸ししているんですから、しっかりやって下さいよ」

お蔦は苛立《いらだ》った。

「分かっているよ。だけど、駆落ちがあってな……」

「駆落ち……」

お蔦は、素っ頓狂な声をあげた。

「あ、ああ……」

「ねっ。どんな駆落ちなの。何処の誰と誰が駆落ちしたの……」

お蔦は、顔を輝かせて麟太郎に迫った。

「えっ、それは……」

麟太郎は躊躇った。

「麟太郎さん……」

「えっ……」

「教えてくれなきゃあ、前貸ししたお金……」

「分かった。分かった……」

麟太郎は、此迄の事をお蔦に話して聞かせた。

お蔦は、熱心に聞いた。

「と云う訳だ……」

麟太郎は語り終えた。

「そお、大角屋のお内儀さんが勇次って若い大工と駆落ちしたの……」

お蔦は、感心したように頷いた。

「ああ。どうして駆落ちしたかは未だ分からないんだがな……」

「そりゃあ、旦那が嫌になったからですよ」

お蔦は、軽く云い放った。

「旦那が嫌になったのは、どうしてだ」

麟太郎は戸惑った。

「嫌になるのに理由は要《い》らないわよ。不意に嫌いになったり、好きになるなんて良くある事ですよ」

「そうかなあ……」

麟太郎は首を捻った。

「ええ。野暮な朴念仁《ぼくねんじん》に、女心は分からないでしょうけどね。いいなあ、恋の道行き……」

お蔦は、縁側の外に見える隅田川の流れをうっとりと眺めた。

「何が恋の道行きだ。駆落ちだよ。駆落ち……」

麟太郎は、腹立たしげに呟《つぶや》いた。

数寄屋橋《すきやばし》御門内南町奉行所には、様々な者が出入りしていた。

連雀町の辰五郎と下っ引の亀吉は、表門脇の腰掛にいた。

「やあ、待たせたな……」

同心詰所から臨時廻り同心の梶原八兵衛が出て来た。

「いえ。で、如何《いかが》でしたか……」

辰五郎は迎えた。

「うむ。そいつは汁粉《しるこ》でも食べながらだ」

梶原は、辰五郎と亀吉を連れて南町奉行所を出た。

外濠《そとぼり》に架かっている数寄屋橋を渡ると数寄屋河岸《がし》になり、様々な店が連なっていた。

梶原は、辰五郎と亀吉を甘味屋に伴って汁粉を頼んだ。

「辰五郎、亀吉、遠慮は無用だ。好きな物を頼むが良い」

「はい……」

辰五郎と亀吉は、安倍川餅《あべかわもち》と御手洗《みたらし》団子を頼んだ。

「それで梶原の旦那……」

「うむ。詰所にいた連中にちょいと訊いてみたんだがな。口利き屋の利平。辰五郎の睨み通り、騙り紛《まが》いの事をしているようだ」

梶原は、薄笑いを浮かべた。

「やっぱり……」

辰五郎は眉をひそめた。

「ああ。織物問屋で売れ残った反物が纏《まと》まってあり、早く捌《さば》きたいので半値で売ると云っていると呉服屋に持ち掛け、本物の見本を見せて取り引きを成立させ、金を受け取り、贋の反物を渡す。ま、良くある騙りの手口だな」

梶原は苦笑した。

「ええ。ですが、騙りに遭った人は、どうして利平をお上《かみ》に訴え出ないんですかね」

辰五郎は首を捻った。

「そいつがどうも、買いたい呉服屋が他にもいると焦らせ、自分の方から是非《ぜひ》買いたいと云わせるらしい……」

「自分の方から買いたい……」

辰五郎は、戸惑いを浮かべた。

「うむ。早く買わないと、相手の呉服屋が高値で買い取ると脅《おど》しを掛けてな。巧妙で狡猾《こうかつ》な野郎だぜ」

梶原は、運ばれて来た汁粉を食べ始めた。

「競争相手で煽《あお》り、焦らせ、自分から早く買いたいと云わせる手口ですか……」

辰五郎は、微かな怒りを過ぎらせた。

「ああ。だから、中々お上に訴え出難《でにく》いらしくてな。大損をして店を潰《つぶ》したり、首を括《くく》った者もいるそうだ……」

梶原は眉をひそめた。

「酷《ひど》い話ですね」

亀吉は吐き棄てた。

「それにしても、競争相手の呉服屋がいるなんて、本当か嘘か調べれば直ぐに分かる筈ですがねえ」

「辰五郎、その競争相手だがな、本当にいるそうだぜ」

「えっ……」

「それも江戸で名高い老舗の呉服屋がな……」

梶原は、笑みを浮かべた。

「梶原の旦那、まさか……」

江戸で名高い老舗の呉服屋とは、『大角屋』なのかもしれない。

「今の処、屋号迄は分からないが、ひょっとしたらひょっとするかもな……」

「ええ……」

口利き屋の利平は、呉服屋『大角屋』吉右衛門と組んで騙りを働いているかもしれないのだ。

梶原と辰五郎は読んだ。

「よし。辰五郎、口利き屋の利平、捜し出して締め上げるか……」

「はい……」

呉服屋『大角屋』のお内儀のおすみが大工の勇次と駆落ちをしたのは、夫である吉右衛門の騙りと拘りがあるのかもしれない。

辰五郎は読んだ。

何《いず》れにしろ口利き屋の利平だ……。

辰五郎は、急いで口利き屋の利平を捜す事にした。

向島の田畑の緑は川風に揺れていた。

お蔦は、麟太郎と土手道を進んだ。

「その大工の勇次って人と大角屋のお内儀さん、夜更けの土手道をこっちに来たのね」

お蔦は、緑の田畑に点在する百姓家を真剣な眼差《まなざ》しで眺めた。

「うん。しかし、何処に行ったかは見届けちゃあいない」

　麟太郎は苦笑した。

「見届けているのなら、捜しはしませんよ」

　お蔦は、麟太郎を冷たく一瞥し、綾瀬川に架かっている古い橋の上で立ち止まった。

「煩《うるさ》い世間から逃れての恋の道行き、穏やかで長閑《のどか》な処で二人だけで静かに暮らす。良いわよねえ……」

　お蔦は、うっとりと辺りを眺めた。

　田畑の間を流れる綾瀬川の岸辺では、菅笠《すげがさ》を被った百姓が釣り糸を垂れていた。

　長閑な風景だった。

「だったら捜さず、そっとして置くんだな」

「それが、そうはいかないのよね」

　お蔦は、悪戯《いたずら》っぽく笑いながら綾瀬川の岸辺で釣りをしている百姓の許に向かった。

「二代目……」

　麟太郎は、慌てて続いた。

「おじさん……」

お蔦は、釣りをしている百姓に近寄った。

百姓は、菅笠を被っている顔を向けた。

「ちょいとお尋ねしますが、此の界隈《かいわい》に最近住み着いた夫婦はいませんかね」

お蔦は尋ねた。

「最近、住み着いた夫婦……」

百姓は、白髪混じりの眉をひそめた。

「ええ……」

お蔦は頷いた。

麟太郎は、お蔦の後ろに佇んで見守った。

「さあ、知らないねえ……」

初老の百姓は首を捻り、釣りを続けた。

「そうですか……」

「その夫婦、どうかしたのかい……」

「ええ。幸せに暮らしているといいなあと思いましてね」

お蔦は微笑んだ。

「ほう。そうか……」

初老の百姓は、お蔦に釣られたように微笑んだ。

「二代目……」

見守っていた麟太郎は、お蔦を呼んだ。

「はい、はい。おじさん、お邪魔しました」

お蔦は、初老の百姓に礼を云って麟太郎の許に戻った。

「麟太郎さんの云う通り、そっとして置いた方が良さそうね。さ、帰りましょう」

お蔦は、綾瀬川沿いを古い橋に進んだ。

麟太郎は続いた。

麟太郎とお蔦は、古い橋に戻って向島の土手道を『蔦屋』の別宅に向かった。

初老の百姓の菅笠の下に髱《たぼ》はなかった。

髷のある髪形は町人に多く、武士の髪形に髷のあるものは少ない。

初老の百姓は、形《なり》だけが百姓の武士なのかもしれない。

まさか……。

麟太郎は、丑松と一緒にいた二人の浪人の手足を斬って姿を隠した浪人の成島兵衛を思い浮かべた。

「どうかしたの……」

お蔦は、黙り込んだ麟太郎に怪訝な眼を向けた。

「いや。なんでもない……」

此《こ》以上、お蔦に拘らせては面倒になるだけだ。

麟太郎は、勇次やおすみと何らかの拘りのある成島兵衛の事を内緒にした。

お蔦を一刻も早く通油町に帰し、成島兵衛と思われる初老の百姓を探る……。

麟太郎は決めた。

隅田川を吹き抜ける川風は涼やかだった。


連雀町の辰五郎と下っ引の亀吉は、下谷《したや》や神田の地廻りや博奕《ばくち》打ちたちに口利き屋の利平を知っているか尋ね歩いた。だが、口利き屋の利平を知っている者は容易に見付からなかった。

辰五郎と亀吉は尋ね歩いた。

「口利き屋の利平……」

上野北大門町《きただいもんちょう》の地廻り増吉《ますきち》は眉をひそめた。

「ああ。知っているかい……」

辰五郎は、増吉に笑い掛けた。

「その口利き屋の利平、何かしたんですかい」

増吉は聞き返した。

「うん。知っているのか……」

「えっ、いいえ。口利き屋の利平なんて知りませんぜ」

増吉は、慌てて首を横に振った。

「知らねえ奴が、どうして口利き屋の利平が何をしたのか知りたがるんだい……」

辰五郎は、増吉を厳しく見据えた。

「そいつは、別に何となく……」

増吉は、誤魔化《ごまか》すように笑った。

次の瞬間、辰五郎は増吉の頰を引《ひ》っ叩《ぱた》いた。

鋭い音が短く鳴り、増吉は笑みを浮かべたまま凍《い》て付いた。

「増吉。笑って惚《とぼ》けようとは、嘗《な》めた真似をするじゃあねえか……」

辰五郎は、増吉に十手を突き付けた。

「お、親分さん……」

「増吉、手前、口利き屋の利平を知っているな……」

増吉は怯《ひる》んだ。

「い、いいえ……」

増吉は、嗄《しわが》れ声を震わせた。

「増吉、地廻りの手前《てめえ》を牢屋敷に放り込むなんざ、造作もねえ事だ。罪科は選《よ》り取り見取り、殺しに盗みに拐《かどわ》かし、好きなのを選ぶんだな」

辰五郎は脅した。

「親分、口利き屋の利平、知っています……」

増吉は項垂《うなだ》れた。

「ああ。で、口利き屋の利平、何処にいるんだい……」

辰五郎は冷たく笑った。

麟太郎は、土手道を帰って行くお蔦を見送り、急いで綾瀬川の古い橋に戻った。

綾瀬川の岸辺には、武士だと思われる百姓姿の初老の男は既にいなかった。

麟太郎は、初老の男が釣りをしていた処に佇み、辺りを見廻した。

初老の男は、此処《ここ》から遠くない処から釣りに来ていた筈だ。

辺りには数軒の百姓家が見えた。

初老の男は、その数軒の百姓家の何処かにいる筈だ。

大工の勇次や呉服屋『大角屋』のお内儀のおすみと一緒に……。

麟太郎の勘は囁いた。


外濠に架かる市ヶ谷御門外の北に市ヶ谷田町の町は続いていた。

下っ引の亀吉は、南町奉行所臨時廻り同心の梶原八兵衛を誘《いざな》って市ヶ谷田町の杉屋横丁に急いだ。

市ヶ谷田町杉屋横丁に入った処に板塀《いたべい》に囲まれた家があり、連雀町の辰五郎が待っていた。

「此処か……」

梶原は、板塀に囲まれた家を眺めた。

「ええ。口利き屋の利平、若い妾《めかけ》と飯炊き婆さんの三人暮らしですぜ」

辰五郎は、先行して調べた事を告げた。

「して、今いるのか……」

「はい……」

辰五郎は頷いた。

「よし。利平をお縄にして大番屋《おおばんや》で責めてくれる」

梶原は、懐から十手を出した。

「亀吉、裏に廻れ」

辰五郎は、利平が逃げた時に備えて亀吉に命じた。

「合点です」

亀吉は、素早く裏に廻って行った。

梶原と辰五郎は、亀吉が裏に廻るのを見計らった。

「旦那……」

「ああ。行くよ」

梶原と辰五郎は、口利き屋の利平の家に向かった。

「お前さんが口利き屋の利平かい……」

梶原は、女物の半纏を着た小柄な中年男に笑い掛けた。

「はい。手前が口利き屋の利平ですが、何か御用でも……」

女物の半纏を着た小柄な中年男は、利平と名乗って梶原と辰五郎を油断なく窺った。

「うむ。ちょいと訊きたい事があってな。大番屋に来て貰うよ」

梶原は笑い掛けた。

「えっ。どうしてですか……」

「うん。お前が騙りを働いていると云う訴えがあってな」

「騙り……」

利平は怯んだ。

「ああ……」

「旦那、手前は騙りなど……」

「うむ。だが利平、訴えが出ている以上、詳しい事情を聞かせて貰わなきゃあならねえ」

梶原は、利平を厳しく見据えた。

「分かりました。じゃあ、着替えますのでちょいとお待ち下さい」

利平は、家の奥に入って行った。

「旦那……」

「うむ。下手な真似をしてくれたら良いんだがな……」

梶原は苦笑した。


利平の家の板塀の裏木戸が開いた。

亀吉は、十手を握り締めて身構えた。

女物の半纏を着た小柄な中年男が、開いた裏木戸から出て来た。

口利き屋の利平だ……。

亀吉は睨んだ。

利平は、裏路地から逃げようとしている。

亀吉は、呼び子笛を吹き鳴らした。

利平は驚き、逃げた。

「待ちやがれ……」

亀吉は、十手を翳《かざ》して利平に飛び掛かった。

「離せ……」

利平は、亀吉の手を振り払って逃げようと激しく暴れた。

「野郎、神妙にしやがれ……」

亀吉は怒鳴り、利平を十手で殴り飛ばした。

利平は、殴られた顔を押さえて激痛に呻《うめ》いた。

亀吉は利平を押さえ付け、素早く捕り縄を打った。

「亀吉……」

辰五郎と梶原が駆け寄って来た。

「お縄にしましたぜ」

亀吉は、利平を引《ひ》き摺《ず》り立たせた。

「御苦労だったな……」

辰五郎は、亀吉を労《ねぎら》った。

「どうって事はありませんぜ……」

「利平、逃げるとは下手な真似をしたな。大番屋に来て貰うよ」

梶原は、利平に笑い掛けた。

向島の田畑は夕陽に照らされた。

あれから、若い大工の勇次と呉服屋『大角屋』のお内儀おすみは勿論《もちろん》、百姓に扮《ふん》して釣りをしていた初老の武士は現れなかった。

今日は此迄だ……。
麟太郎は、綾瀬川に架かる古い橋を離れて水神の近くの『蔦屋』の別宅に向かった。
川風が隅田川から吹き抜け、田畑の緑が大きく揺れた。
麟太郎は、土手道を進んだ。
背後に何者かの視線を感じた。
誰かが見ている……。
麟太郎は、歩みを止めずにそれとなく背後を窺った。
背後の土手道に人影はなかった。
気の所為《せい》か……。
麟太郎は苦笑し、木母寺の前を抜けて土手を下り、水神への小道に入った。
地本問屋『蔦屋』の別宅は、水神の近くにある。
麟太郎は、土手下の水神への小道を進んだ。
塗笠《ぬりがさ》に着流しの武士が土手道に現れ、土手下の小道を行く麟太郎を見送った。
麟太郎は、隅田川の向こうに沈む夕陽に照らされながら小道を進んだ。

四

南茅場町《みなみかやばちょう》の大番屋の詮議場《せんぎば》は暗く、夏とは云え冷え冷えとしていた。

南町奉行所臨時廻り同心の梶原八兵衛は、座敷の框《かまち》に腰掛けた。

連雀町の辰五郎と牢番は、縛《しば》りあげた口利き屋の利平を筵《むしろ》の上に引き据えた。

利平は、詮議場を見廻した。

暗い詮議場には、突棒《つくぼう》、刺股《さすまた》、袖搦《そでがらみ》などの三道具や抱き石と十露盤《そろばん》などの責《せめ》道具が不気味に置かれていた。

利平は、縛られた小柄な身体を強張《こわば》らせた。

「利平、お前、贋の絹の反物を使って呉服屋相手に騙りを働いたな」

梶原は笑い掛けた。

「旦那、あっしは騙りなど知りませんよ」

利平は、暗い眼で梶原を見上げた。

「だったら何故、逃げた……」

「さあねえ……」

利平は、開き直ったように笑った。

傍にいた辰五郎は、利平の背を笞《むち》で打ち据えた。

湿った音が詮議場に響き、利平は前のめりに倒れた。

「利平、聞かれた事には素直に答えな……」

辰五郎は、倒れた利平を引き摺り起こした。

利平は、口元に嘲りを浮べていた。

「利平、騙りは呉服屋の大角屋の吉右衛門と組んでの企みか……」

梶原は、利平を見据えた。

利平は、嘲りを浮べたまま梶原を見返した。

「そうか、何も話したくないか……」

梶原は笑った。

利平は、黙ったままだった。

「ま、良い。刻はある。それにどうしても話したくないとなれば、こっちも都合の良いように始末する迄だ」

梶原は云い放った。

利平は、僅かに狼狽えた。

「利平をさっさと牢に戻しな」

梶原は、僅かに狼狽えた利平を無視し、笑いながら牢番に告げた。

「承知しました」

牢番は、利平を引き立てて行った。

「梶原の旦那……」

辰五郎は眉をひそめた。

「暫く放って置く。大番屋の皆にも、一言も話し掛けるなと伝えな」

梶原は冷たく笑った。

「心得ました」

「連雀町の、その間に大角屋の吉右衛門を詳しく調べるのだ」

梶原は、厳しい面持ちで命じた。


両国広小路に続く横山町の通りは、行き交う人で賑《にぎ》わっていた。

亀吉は、呉服屋『大角屋』を見張っていた。

「変わった事はないようだな」

辰五郎がやって来た。

「ええ。旦那の吉右衛門に動きはありません」

「そうか。で、総髪の用心棒はどうだ」

辰五郎は訊いた。

「そいつが、見掛けないんですよね」

亀吉は眉をひそめた。

「旦那の傍にいるか……」

総髪の用心棒は、吉右衛門の身近に詰めているのだ。

「親分……」

亀吉が、両国広小路から来る者を示した。

辰五郎は、亀吉の視線を追った。

両国広小路から丑松が足早にやって来た。

「丑松の野郎か……」

「はい……」

丑松は、呉服屋『大角屋』の横手の路地に入って行った。

「丑松の野郎、懲りずに吉右衛門の遣い走りをしているようですね」

亀吉は読んだ。

「ああ……」

辰五郎は頷いた。

「横十間川に飛び込んで成島さんから逃げた後、何処で何をしていたんですかね」

「駆落ちした大工の勇次と大角屋のおすみを捜し続けていたのかもな……」

辰五郎は眉をひそめた。

僅かな刻が過ぎた。

丑松が、総髪の用心棒と呉服屋『大角屋』の横手の路地から出て来た。

「親分……」

「うむ……」

亀吉と辰五郎は緊張した。

丑松と総髪の用心棒は、足早に両国広小路に向かった。

「追うぞ……」

「承知……」

辰五郎と亀吉は、丑松と総髪の用心棒を追った。

水飛沫は煌めいた。

麟太郎は遅い朝を迎え、『蔦屋』の別宅の裏庭の井戸端で水を浴びて顔を洗った。

小道に人の気配がした。

麟太郎は振り返った。

遊び人が二人、小道をやって来た。

「何か用か……」

麟太郎は眉をひそめた。

「此方《こちら》は旦那のお宅で……」

二人の遊び人は、麟太郎に値踏みするかのような眼を向けた。

「そうだ。何だお前たちは……」

麟太郎は、遊び人たちに丑松と同じ胡散臭さを感じた。

「ちょいと人を捜していましてね」

「人を捜している……」

「ええ。最近、此の界隈に若い大工とお店《たな》のお内儀さんが来た筈なんですが、御存知ありませんかい……」

遊び人は、狡猾な眼を向けた。

勇次とおすみを捜している丑松の仲間……。

麟太郎は、遊び人たちの素性を読んだ。

「さあ、知らぬな……」

麟太郎は惚けた。

「そうですかい。お邪魔しました」

二人の遊び人は、土手道に戻って行った。

拙《まず》い……。

丑松は、勇次とおすみが向島に逃げたのを何らかの手立てで知り、遊び人たちを雇って捜索を急いでいるのだ。

麟太郎は、焦りを覚えた。


夏の陽差しは、向島の土手道を眩しく輝かせていた。

麟太郎は、刀を腰に差しながら土手道に駆け上がった。

土手道の北、綾瀬川の方に数人の男たちの姿が見えた。

麟太郎は、綾瀬川に急いだ。

綾瀬川に架かる古い橋の袂では、八人程の遊び人や浪人たちが成島兵衛と対峙《たいじ》していた。

成島兵衛は、旅姿の大工の勇次とおすみを背後に庇《かば》っていた。

大工の勇次と呉服屋『大角屋』のお内儀おすみ……。

そして、成島兵衛……。

麟太郎は見定め、土手下の茂みから様子を窺った。

成島は、勇次とおすみを江戸の外に逃がそうとし、遊び人たちに見付かったのだ。

麟太郎は、事態を読んだ。

「爺《じじ》い、お内儀さんを返して貰おうか」

麟太郎の処に来た遊び人が凄《すご》んだ。

「それは出来ぬ」

成島は告《つ》げた。

「だったら、黙って退け……」

遊び人は怒鳴った。

「退かぬ」

成島は告げた。

「死にたいのか、爺い……」

「そいつは、私が訊きたい事だ」

成島は苦笑した。

「煩《うる》せえ」

遊び人の一人が、匕首《あいくち》を抜いて成島に猛然と突き掛かった。

成島は、腰を僅かに沈めて抜打ちの一刀を放った。

遊び人は、胸元から血を飛ばして倒れた。

「畜生……」

遊び人と浪人たちは、仲間を斬られたのに激昂《げっこう》して成島に襲い掛かった。

如何《いか》に金で雇われた遊び人や浪人でも多勢に無勢《ぶぜい》、手加減をしている暇はない。

成島は、刀を鋭く閃かせた。

遊び人たちは、血を流して次々に倒れた。

成島と浪人たちは斬り合った。

麟太郎の処に来た二人の遊び人が、立ち竦んでいる旅姿のおすみに襲い掛かった。

「止《や》めろ」

勇次は、おすみを助けようとした。

「邪魔するな」

遊び人は、匕首を一閃《いっせん》した。

勇次は、二の腕を斬られて倒れた。

「勇次さん……」

おすみは、悲鳴のように叫んだ。

「お、おすみさま……」

勇次は、二の腕から血を流しながら必死に立ち上がろうとした。

「さあ、お内儀さん、一緒に帰るんですぜ」

二人の遊び人は、嫌がるおすみを連れ去ろうとした。

「父上……」

おすみは、浪人と斬り合っている成島に叫んだ。

「おすみ……」

成島は、焦りを滲ませた。

浪人の成島兵衛は、おすみの父親だった。

麟太郎は知った。

「よし……」

麟太郎は土手道に上がり、おすみを連れ去ろうとしている二人の遊び人を拾った棒切れで厳しく叩き伏せた。

二人の遊び人は倒れ、気を失った。

勇次とおすみは驚いた。

「又、逢ったな……」

麟太郎は勇次に笑い掛け、棒切れを手にして成島に斬り掛かっている浪人たちに向かった。

「おぬし……」

成島は、麟太郎を見て戸惑いを浮べた。

「やあ。後は引き受けました」

麟太郎は、成島に笑顔で告げ、浪人たちを残らず棒切れで鋭く打ち据えた。

縁側の外に見える隅田川の風景は、一幅の絵のようだった。

麟太郎は、成島兵衛、勇次、おすみを地本問屋『蔦屋』の別宅に連れて来た。

今迄隠れていた空き家が遊び人たちに知られた限り、取り敢えず隠れる処は『蔦屋』の別宅しかなかった。

麟太郎は、勇次の斬られた二の腕の傷の手当てをした。

「心配するな、浅手だ……」

麟太郎は手当てを終えた。

「ありがとうございます」

勇次とおすみは、麟太郎に深々と頭を下げた。

「なに、礼には及ばぬ。それよりおすみさん、何故に大角屋の吉右衛門の許から逃げたのだ」

「そ、それは……」

おすみは、困惑を浮べた。

「おすみ、勇次、青山麟太郎どのに何もかも話すが良い……」

成島は告げた。

「はい……」

おすみは頷き、麟太郎に向き直った。

「青山さま、大角屋吉右衛門は騙りの悪事を働いているのです」

「騙り……」

「はい。口利き屋の利平と申す者と、贋の絹の反物を使って。私はそれを知り、悪事を働くのは止めてくれと頼みました。そうしたら、吉右衛門は……」

おすみは、悔しげに涙を零《こぼ》した。

「おすみさまを殴り蹴ったのです」

勇次は告げた。

「勇次、お前、何故知っているのだ」

麟太郎は、勇次に怪訝な眼を向けた。

「手前は、偶々《たまたま》大角屋さんの母屋の座敷の修繕に行っておりまして……」

勇次は、呉服屋『大角屋』の母屋《おもや》の座敷の修繕に行き、吉右衛門がおすみを殴ったり蹴ったりするのを見たのだ。

「吉右衛門の乱暴は続きました。私は堪《た》えられなくなり、他言はしないから離縁してくれと頼みました……」

「離縁……」

おすみは、吉右衛門に離縁を願い出ていた。

麟太郎は知った。

「はい。ですが、吉右衛門は離縁状を書いてはくれませんでした」

おすみは、哀しげに項垂れた。

離縁状は夫から妻に渡すものであり、此がある事によって夫も妻も離縁は成立し、再婚も可能になる。

「そして、吉右衛門さまは手前に土蔵に牢を造れと注文されたのでございます」

勇次は、遠慮がちに話し始めた。

「土蔵に牢を……」

麟太郎は眉をひそめた。

「はい。おすみさまを閉じ込める為の牢にございます。手前はおすみさまがお気の毒になり、何とかお助けしたいと……」

「勇次さんは、我が身の危険を顧《かえり》みず、いろいろ力になってくれました。それで……」

「手前が逃げようと誘ったのです。おすみさまは躊躇いました。ですが、手前は強引におすみさまを連れて逃げたのです」

勇次は、おすみを連れて呉服屋『大角屋』吉右衛門から逃げた。

「そして、勇次はおすみを本所松坂町の儂《わし》の住む長屋に連れて来たのだ。だが、吉右衛門はおすみと勇次に追手を掛けた。勇次たちが追われ、追手が儂の処に来るのも眼に見えている」

成島は、縁側の外に見える隅田川に眼を細めながら告げた。

「それで、二人を逃がしましたか……」

「うむ。綾瀬川に良く釣りに来ていてな。空き家になっている百姓家があるのを知っていたので、そこに隠れろとな」

「そうでしたか……」

「だが、おぬしたちが現れ、此処も危ないと思い、おすみと勇次を江戸から逃がそうとした処……」

「さっきの追手が現れましたか……」

「うむ……」

成島は頷いた。

「そう云う事でしたか……」

大工の勇次と呉服屋『大角屋』のお内儀おすみの駆落ちの真相は分かった。

「おすみさん、大角屋吉右衛門と離縁したいとの思いに変わりはないのか……」

麟太郎は尋ねた。

「はい……」

おすみは、麟太郎を見詰めて頷いた。

「そうですか……」

麟太郎は微笑んだ。

「麟太郎さん……」

下っ引の亀吉が、庭先に駆け込んで来た。

「えっ……」

亀吉は、麟太郎が成島兵衛、勇次、おすみと一緒にいるのに戸惑った。

「どうした亀さん……」

「は、はい。丑松の野郎が吉右衛門の用心棒と向島に来ました」

「来たか……」

「はい……」

「おすみさん、吉右衛門の用心棒、名は何と云うのだ」

「松尾《まつお》典膳《てんぜん》と……」

おすみは、怯えに声を震わせた。

成島が、刀を手にして立ち上がった。

「父上……」

「勇次、世話になった。おすみ、幸せにな」

成島は、足早に出て行った。

「父上……」

おすみは追い掛けようとした。

「おすみさま……」

勇次は止めた。

「おすみさん、俺に任せろ。勇次と此処にいるんだ」

麟太郎は、おすみに告げて成島を追った。

亀吉が続いた。


綾瀬川沿いの小道を進むと、崩れ掛かった小さな百姓家があった。

連雀町の辰五郎は、崩れ掛かった小さな百姓家を見守った。

百姓家には、丑松と吉右衛門の用心棒が入ったままだ。

勇次と大角屋のお内儀のおすみが潜んでいるのか……。

辰五郎は、百姓家に忍び寄ろうとした。

丑松と用心棒が、厳しい面持ちで百姓家から出て来た。

「松尾の旦那、先に来た連中がお内儀さんと勇次を連れて行ったのですかね」

丑松は首を捻った。

「ならば、途中で逢っている筈だ」

松尾と呼ばれた用心棒は読んだ。

「そうか、そうですね」

丑松は眉をひそめた。

「丑松……」

松尾は、綾瀬川沿いの小道を示した。

成島兵衛がやって来た。

「お内儀さんの父親の成島兵衛です……」

丑松は告げた。

「奴が成島兵衛か……」

松尾は冷笑を浮べた。

成島は、間合いを取って立ち止まった。

「吉右衛門の用心棒の松尾典膳か……」

成島は、松尾を見据えた。

「如何にも。成島兵衛……」

松尾は、成島との間合いを詰めた。

成島は、腰を僅かに沈めて身構えた。
「田宮流《たみやりゅう》抜刀術か……」
松尾は、冷笑を浮かべて刀を抜き放った。
成島は、僅かに後退した。
松尾は地を蹴り、刀を鋭く一閃した。
成島は躱《かわ》した。
松尾は、二の太刀を放とうとした。
刹那、現れた麟太郎が拳程《こぶしほど》の大きさの石を松尾に投げた。
石は、唸《うな》りをあげて松尾に飛んだ。
松尾は、咄嗟《とっさ》に身を捻って躱した。
次の瞬間、成島は鋭く踏み込み、抜打ちの一刀を閃かせた。
松尾は、刀を斬り下げた。
刀が閃光となって交錯した。
成島と松尾は、位置を入れ替えて残心の構えを取った。
松尾は胸元から血を流し、前のめりにゆっくりと倒れた。
丑松は、慌てて逃げた。だが、辰五郎と亀吉が現れ、丑松を捕まえて縄を打った。

「やあ。お見事です」

麟太郎は、残心の構えを解いた成島兵衛に近付いた。

「助かった。礼を申す」

成島は、麟太郎に頭を下げた。

「いいえ……」

麟太郎は微笑んだ。

陽差しを受けた田畑の緑は、微風に揺れて眩しく煌めいた。

南町奉行所臨時廻り同心の梶原八兵衛は、おすみと勇次の話を聞き終えた。そして、呉服屋『大角屋』吉右衛門を捕縛《ほばく》する事にした。

「梶原の旦那、お縄にする前に吉右衛門にやって貰いたい事があるのですが……」

麟太郎は、捕縛する前に吉右衛門と逢わせてくれと頼んだ。

「何をする気か知らねえが、良いだろう」

梶原は許した。

「恩に着ます」

麟太郎は、喜び勇んで呉服屋『大角屋』の暖簾を潜った。

「何の御用でしょうか……」

吉右衛門は、口利き屋の利平と丑松が捕えられ、用心棒の松尾典膳が斬られたと知って怯えていた。

「うん。余計な事は云わぬ。此奴《こいつ》に名前を書いて爪印を押してくれ」

麟太郎は、吉右衛門に文面を書いた紙を差し出した。

吉右衛門は眉をひそめた。

「お内儀さんへの離縁状、三行半《みくだりはん》だ」

麟太郎は笑った。

「差出申一札《さしだしもうすいっさつ》
此度澄女与申女《このたびすみじよともうすおんな》、我等勝手ニ付、
離別致候《いたしそうろう》、然《しか》ル上者《うえは》、向後《こうご》何方江《いずかたへ》
縁組致 候共《いたしそうろうとも》、我等方ニ而《て》一切
差構無之《さしかまいこれなく》、仍 如 件《よってくだんのごとし》」

「離縁状……」

吉右衛門は、離縁状を呆然《ぼうぜん》と見詰めた。

「殴り蹴り、牢を造って入れようとしたお内儀だ。離縁しても良いだろう。さあ、早く名を書き、爪印を押せ。さもなければ……」

麟太郎は、吉右衛門を厳しく見据えた。

呉服屋『大角屋』主の吉右衛門は、騙りの罪で梶原八兵衛に捕縛された。

三代続いた老舗呉服屋『大角屋』は、おそらく闕所《けっしょ》となるだろう。

梶原は、用心棒の松尾典膳を斬った成島兵衛を喧嘩《けんか》の挙げ句の斬り合いとしてお咎《とが》めなしにした。そして、おすみは既に離縁されていたものとし、構いなしにした。

おすみは、麟太郎に渡された離縁状を握り締め、涙を零して深々と頭を下げた。

「そうか、麟太郎は大角屋吉右衛門に離縁状を書かせたか……」

根岸肥前守は眉をひそめた。

「はい。中々なものですな」

内与力の正木平九郎は微笑んだ。

「さあ、只のお節介屋かもしれぬ」

「そうでもありますまい……」

「して麟太郎、此度の一件も絵草紙に書くのかな」

「戯作は麟太郎どのの生業《なりわい》、おそらく……」

平九郎は頷いた。

「閻魔堂赤鬼か……」

「はい。中々達者な筆遣いにございます」

「読んだのか……」

「大江戸閻魔帳・御家人殺し亡者の悪徳なる前作を。宜《よろ》しければお持ち致しますか……」

「それには及ばぬ」

「左様《さよう》ですか。では、これにて……」

平九郎は立ち去った。

肥前守は、戸棚から絵草紙『大江戸閻魔帳・御家人殺し亡者の悪徳』を取り出した。

「読んでみるか、閻魔堂赤鬼を……」

肥前守は、絵草紙を見詰めて苦笑した。

戯作者閻魔堂赤鬼こと青山麟太郎は、絵草紙『大江戸閻魔帳・夏之嵐恋道行始末』を書いて地本問屋『蔦屋』から出版した。

絵草紙『大江戸閻魔帳・夏之嵐恋道行始末』には、老舗呉服屋の主の騙りの一件とお内儀の駆落ちの真相が書かれていた。

麟太郎は、次に書く絵草紙の題材を探し始めていた。

暑い夏は続いていた。

第三話　未練者仕置

一

初秋。

元浜町《もとはまちよう》の閻魔堂《えんまどう》の前には、気の早い落葉が舞い始めた。

戯作者《げさくしや》閻魔堂赤鬼《あかおに》こと青山麟太郎は、神道無念流撃剣館《しんとうむねんりゆうげきけんかん》の剣術仲間と昨夜遅く迄《まで》酒を飲み、昼になっても鼾《いびき》を掻《か》いて眠っていた。

閻魔長屋は、おかみさんたちの井戸端でのお喋《しやべ》りの時も過ぎ、静けさに満ちていた。

麟太郎は眠り続けた。

下駄《げた》の音が駆け寄って来て腰高障子が開けられ、直《す》ぐに音を鳴らして閉められた。

何だ……。

麟太郎は、夢現《ゆめうつつ》に音を聞いて眼を覚ました。

腰高障子の傍《そば》に女が蹲《うずくま》っていた。

「誰だ……」

麟太郎は、寝惚《ねぼ》け眼《まなこ》で蹲っている女に声を掛けた。

女は振り返り、唇《くちびる》に指を当てて麟太郎を睨《にら》んだ。

地本《じほん》問屋『蔦屋《つたや》』の二代目、女主《おんなあるじ》のお蔦だった。

「煩《うるさ》い。黙って……」

お蔦は、緊張した面持ちで腰高障子の隙間《すきま》から外を覗《のぞ》いていた。

麟太郎は、戸惑いながらお蔦を見守った。

お蔦は、ほっと息を吐き、狭い土間から部屋にあがった。

「何かあったのか……」

麟太郎は、小声で尋《たず》ねた。

「変な男が付いて来たのよ……」

お蔦は眉《まゆ》をひそめた。

「変な男……」

「ええ。栄橋《さかえばし》の袂《たもと》の髪結さんに行った帰りなんだけど、変な男が付いて来て、気味が悪いので取り敢えず、此処《ここ》に逃げ込んだのよ」

お蔦は、気味悪そうに身震いをした。

「何だと……」

麟太郎は、万年蒲団《ぶとん》を出て土間に降りた。

「もう、いないわよ……」

お蔦は告げた。

「いない……」

麟太郎は、腰高障子を開けて外を覗いた。

閻魔長屋の外や木戸に人影はなかった。

「どの家に入ったのか分からないので、帰ったのよ」

「そうか……」

麟太郎は、腰高障子を閉めた。

「未《ま》だ寝ていたの……」

お蔦は、狭い部屋の中の万年蒲団を見て眉をひそめた。

「う、うん。昨夜、撃剣館の連中とちょいと飲んでな」

麟太郎は、万年蒲団を二つ折りにして壁際に押した。

「それより、次の話、ちゃんと書いているんでしょうね」

「勿論《もちろん》だ。〆切《しめき》りには間に合わせる」

「前借り分だけは、きっちりやって下さいよ」

お蔦は念を押した。

「分かっている」

麟太郎は頷《うなず》いた。


木戸から閻魔堂……。

お蔦は、辺りに変な男が隠れていないか麟太郎の陰から窺《うかが》った。

「どうだ……」

麟太郎は尋ねた。

「いないわ……」

お蔦は、安堵《あんど》を浮べた。

「よし。じゃあ、送って行くぞ」

麟太郎は、お蔦と共に通油町《とおりあぶらちよう》にある地本問屋『蔦屋』に向かった。

浜町堀には船が行き交っていた。

麟太郎とお蔦は、浜町堀沿いの道を通油町に進んだ。

「で、その変な男、どんな奴なんだ」

「小柄で痩《や》せた中年男で、職人のような感じだったと思うけど……」

お蔦は、思い出しながら告げた。

「小柄で痩せた職人のような中年男か……」

「ええ……」

お蔦は、眉をひそめて頷いた。

「それにしても、そいつ、どうして二代目に付いて来たのかな」

麟太郎は首を捻《ひね》った。

「それは、決まってんじゃあない……」

「決まっている……」

麟太郎は聞き返した。

「ええ。私に気があるからよ」

お蔦は、照れたように告げた。

「えっ……」

麟太郎は戸惑った。

「私に気があるから付いて来たの……」

お蔦は、噛《か》んで含めるように云《い》った。

「そうか。やっぱり変な男だな」

麟太郎は、独り合点して頷いた。

「もう……」

お蔦は苛立《いらだ》った。

地本問屋『蔦屋』では、客たちが役者絵や美人画、花鳥画などを広げていた。

麟太郎は、お蔦を『蔦屋』に送り届けた。

変な男は勿論、不審な者はいなかった。

「御苦労さま……」

お蔦は、腹立たしげに麟太郎を一瞥《いちべつ》して奥に入って行った。

「どうかしたんですか……」

番頭の幸兵衛は眉をひそめた。

「さあな。変な男が付いて来て気味が悪いってんで、送って来たんだがな」

麟太郎は首を捻った。

「何か気に障るような事を云ったんじゃあないんですか……」

「番頭さん。俺に限ってそんな迂闊《うかつ》な真似《まね》はしない」

「おや。そうですか……」

「うん……」

麟太郎が頷いた時、腹の虫が盛大に鳴いた。

「おや……」

「そうだ。朝飯を食っていなかった」

麟太郎は思い出した。

「台所に奉公人たちの昼飯が残っていますよ。宜《よろ》しかったらどうぞ」

幸兵衛は苦笑した。

「ありがたい……」

麟太郎は喜び、幸兵衛に手を合わせた。

両国《りようごく》広小路には見世物小屋と露店が連なり、大勢の人で賑《にぎ》わっていた。

麟太郎は、地本問屋『蔦屋』で朝昼兼用の飯を御馳走になり、両国広小路に来た。

そして、茶店の縁台に腰掛けて茶を飲みながら行き交う人を眺《なが》めた。

面白い奴はいないか……。
麟太郎は、絵草紙の題材になりそうな者を捜《さが》した。
お店者《たなもの》、町娘、職人、浪人、武士、坊主……。
様々な者が行き交っていた。
麟太郎は眺めた。
風呂敷包みを抱えた武家の妻女が足早に現れ、見世物小屋の陰に隠れた。
追われているのか……。
麟太郎は眉をひそめ、武家の妻女が現れた方を見た。
小肥りの武士が現れ、誰かを捜すかのように雑踏を見廻《みまわ》した。
武家の妻女を捜している……。
麟太郎の勘が囁《ささや》いた。
武家の妻女は、見世物小屋の陰に隠れたままだ。
小肥りの武士は気が付くか……。
麟太郎は見守った。
小肥りの武士は、腹立たしげに顔を歪《ゆが》めて両国広小路を進み始めた。
気が付かなかった……。

麟太郎は苦笑した。

武家の妻女は、安堵の面持ちで小肥りの武士を見送った。

さあて、どうする……。

麟太郎は、小肥りの武士か武家の妻女のどちらを追うか迷った。

武家の妻女は、見世物小屋の陰を出て神田川に架かっている柳橋《やなぎばし》に向かった。

決めた……。

麟太郎は、武家の妻女を追った。


神田川は、柳橋を過ぎて大川に流れ込んでいる。

柳橋を渡った武家の妻女は、神田川沿いの道を西に向かった。

麟太郎は尾行《つけ》た。

武家の妻女は、風呂敷包みを抱えて浅草《あさくさ》御門や新《あたら》シ橋《ばし》の袂を過ぎ、和泉橋《いずみばし》の前の御《お》徒町《かちまち》に入った。

御徒町の組屋敷に住む御家人の妻女か……。

麟太郎は読んだ。

武家の妻女は、辺りを窺いながら足早に組屋敷街を進んだ。そして、辻《つじ》の傍にある組屋敷の木戸門を潜《くぐ》った。

麟太郎は、物陰から見届けた。そして、辻の奥に小肥りの武士が佇《たたず》んでいるのに気付いた。

妻女を追っていた小肥りの武士……。

小肥りの武士は、武家の妻女の住まいを知っていて先廻りをしたのだ。

麟太郎は、戸惑いを覚えると共に執念深さを感じた。

小肥りの武士は、武家の妻女の入った組屋敷を眺めて薄笑いを浮べた。

麟太郎は、背筋に微《かす》かな寒気を感じた。

何なんだ……。

小肥りの武士は、辻の奥を出て下谷《したや》練塀《ねりべい》小路に向かった。

妻女の家を突き止めた限り、調べは後でも良い……。

麟太郎は、小肥りの武士を追った。

小肥りの武士は、下谷練塀小路を横切って御成《おなり》街道に出た。そして、御成街道を北に曲がり、下谷広小路に進んだ。

他人の後は追うが、己が追われる事は意識していない……。

麟太郎は、小肥りの武士が尾行されるのに無警戒なのを知った。

御成街道は、下谷広小路に入る前に湯島《ゆしま》天神裏門坂道と交差する。

小肥りの武士は、湯島天神裏門坂道に進んで湯島天神裏の切通しに入った。

行き先は本郷《ほんごう》か……。

麟太郎は読んだ。

小肥りの武士は、切通しを進んで本郷通りに出た。そして、北ノ天神真光寺《しんこうじ》の門前町を進んで御弓町《おゆみちょう》にはいった。

本郷御弓町は、武家屋敷が甍《いらか》を連ねていた。

小肥りの武士は、或《あ》る武家屋敷に入った。

麟太郎は見届けた。

誰の屋敷なのだ……。

麟太郎は、辺りを見廻した。

斜向《はすむか》いの屋敷から下男が現れ、門前の掃除を始めた。

よし……。

麟太郎は駆け寄った。

「やあ……」

「は、はい……」

下男は、掃除の手を止めた。

「ちょいと尋ねるが、あの屋敷は梶原八兵衛どののお屋敷かな……」

嘘も方便だ……。

麟太郎は、南町奉行所臨時廻り同心の梶原八兵衛の名を持ち出し、小肥りの武士の入った屋敷を示した。

「いえ。あのお屋敷は梶原さまではなく、矢野《やの》さまのお屋敷にございますよ」

「矢野さま……」

麟太郎は眉をひそめた。

「はい」

「八兵衛と云う名の私と同じ年頃の小肥りの侍がいる筈《はず》なんだが……」

「お侍さまと同じ年頃で小肥りの八兵衛さまですか……」

「うん……」

「小肥りの方なら、八兵衛さまではなく、淳之介《じゅんのすけ》さまと仰《おつしや》る方がおいでになりますが……」

下男は首を捻った。

「淳之介……」

「はい。矢野さまのお屋敷の部屋住みにございますよ」

武家の妻女を付け廻す小肥りの武士は、矢野淳之介と云う旗本の部屋住みだった。

「そうか、梶原八兵衛どのの屋敷じゃあないのか……」

麟太郎は、未練がましく矢野屋敷を眺めた。

「あの、お侍さまは……」

下男は眉をひそめた。

潮時だ……。

麟太郎は見定めた。

「いや。造作《ぞうさ》を掛けた。ではな……」

麟太郎は、その場を離れた。

矢野淳之介は、何故《なにゆえ》に武家の妻女を付け廻すのだ……。

麟太郎に疑念が湧《わ》いた。

陽は西に大きく傾いた。

麟太郎は、本郷御弓町から来た道を戻った。

小肥りの武士は矢野淳之介……。

御徒町の組屋敷に住む御家人の妻女は、どのような者なのだ……。

麟太郎は気になった。

本郷通りを横切り、湯島天神裏の切通しに進んだ。

行く手から女の悲鳴があがり、男の怒声が響いた。

何事だ……。

麟太郎は走った。

行く手に人々が集まっていた。

「どうした……」

麟太郎は、恐ろしげに遠巻きにしている人々の前に出た。

町奉行所の同心と岡っ引たちが、匕首《あいくち》を振り廻す若旦那《わかだんな》風の男を捕り押さえていた。そして、道端では、駆け付けた町役人たちが倒れている女を介抱していた。

「どうしたんだ」

麟太郎は、隣にいた職人に訊《き》いた。

「何処《どこ》かの若旦那が女を刺して、偶々《たまたま》通り掛かった役人たちと此《こ》の騒ぎですぜ」

女は戸板に乗せられ、町役人たちによって運ばれて行った。

「若旦那が女を刺した……」

麟太郎は眉をひそめた。

「ええ。助かると良いんですがね……」

職人は心配した。

若旦那は、縄を打たれていた。

「若旦那、どうして女を刺したんだ」

「さあ。そこ迄は知らねえけど、女に振られた腹いせじゃあないんですか……」

職人は、同心と岡っ引に引き立てられて行く若旦那を笑った。

「女に振られた腹いせか……」

麟太郎は、乱暴に引き立てられて行く若旦那を見送った。

若旦那は小肥りだった。

麟太郎は、引き立てられて行く若旦那に矢野淳之介と同じような雰囲気を感じた。

遠巻きにしていた人々は散り、切通しは夕陽に照らされた。

翌朝、麟太郎は連雀《れんじゃく》町《ちょう》に住む岡っ引の辰五郎の家を訪れた。

麟太郎は、居間に招かれた。

「どうぞ……」

辰五郎の女房のおせんが、麟太郎に茶を差し出した。

「造作を掛けます」

「いいえ……」

おせんは微笑《ほほえ》んだ。

「お待たせしました」

辰五郎が現れ、縁起棚の下の長火鉢《ながひばち》の前に座った。

「親分、いきなり訪ねて来てすいません」

麟太郎は詫《わ》びた。

「いえ。で、何ですか……」

「実は昨日、切通しで……」

麟太郎は、切通しで小肥りな若旦那が女を刺して捕えられた一件を話した。

「それで、若旦那がどうして女を刺したのか知りたいのですかい……」

辰五郎は眉をひそめた。

「ええ。分からないかな……」

「分からない事はありませんが、若旦那をお縄にしたのは、月番の北町奉行所の同心の旦那方です。あっしのような岡っ引風情《ふぜい》には……」

辰五郎は、厳しさを滲《にじ》ませた。

「じゃあ、梶原さんに頼んでくれませんか」

「梶原の旦那にねえ……」

「はい……」

麟太郎は頷いた。

「麟太郎さん、どうしてそんなに……」

辰五郎は、麟太郎に怪訝《けげん》な眼を向けた。

「旗本の部屋住みが御家人の御新造を付け廻していましてね。その部屋住み、女を刺した若旦那と同じように小肥りで何となく雰囲気が似ているんです」

「じゃあ、ひょっとしたらその部屋住みも御家人の御新造を……」

辰五郎は、緊張を過《よ》ぎらせた。

「分かりませんが……」

麟太郎は眉をひそめた。

「麟太郎さん、南の御番所に行きましょう」

辰五郎は立ち上がった。

「ありがたい……」

麟太郎は、嬉《うれ》しげに続いた。

二

南町奉行所は非番であり、表門を閉めて潜り戸から出入りしていた。

非番と云っても休みではなく、月番の時の事件の整理や処理をし、三廻《さんまわ》り同心の見廻りなどに変わりはない。

「何、麟太郎が来ている……」

根岸肥前守《ひぜんのかみ》は眉をひそめた。

「はい。岡っ引の辰五郎と共に臨時廻り同心の梶原八兵衛の処《ところ》に……」

内与力《うちよりき》の正木平九郎は告げた。

「梶原に何用だ……」

「そこ迄は。で、梶原が私に逢いたいと……」

「平九郎に……」

「はい。それで、麟太郎どのや辰五郎と溜之間《たまりのま》で待てと梶原に命じました」

「よし……」

肥前守は頷いた。


臨時廻り同心の梶原八兵衛は、正木平九郎に青山麟太郎が来た事を報せた。

平九郎は、梶原に麟太郎や辰五郎共々《ともども》溜之間で待てと命じた。

梶原は、麟太郎と辰五郎を溜之間に誘《いざな》って正木の来るのを待った。

溜之間に面した小さな中庭には、菊の花が咲いていた。

「やあ。待たせたな」

平九郎がやって来た。

梶原、辰五郎、麟太郎は平伏した。

「正木さま、青山麟太郎さんと岡っ引の辰五郎にございます」

梶原は、平九郎に麟太郎と辰五郎を引き合わせた。

「うむ。内与力の正木平九郎だ。それで梶原、私に用とは……」

「はっ。北町奉行所に問い合わせをして戴《いただ》きたい事がありまして……」

「北町に……」

平九郎は眉をひそめた。

「はい。麟太郎さん、おぬしの頼みだ。正木さまに申し上げな」

梶原は促した。

「は、はい。実は正木さま……」

麟太郎は、事の次第を話し始めた。

袖無《そでな》し羽織《ばおり》を着た肥前守が中庭に現れ、咲いている菊の花の手入れを始めた。

麟太郎は、若旦那がどうして女を刺したのか、その理由を北町奉行所に問い合わせてくれと、平九郎に頼んだ。

「して青山どの、何故そのような……」

「若旦那に感じの良く似た旗本の部屋住みが、御家人の御新造を追い廻していましてね。その理由によっては……」

麟太郎は眉をひそめた。

「同じ事をしかねないか……」

平九郎は、麟太郎を見据えた。

「はい……」

麟太郎は頷いた。

「して、もし同じ事をしようとしたなら……」

「助けます。助けてやりたい。御家人の御新造と、理由によっては旗本の部屋住みも……」

「旗本の部屋住みも……」

平九郎は、思わず聞き返した。

「はい……」

麟太郎は頷いた。

「分かった。北町奉行所の吟味方《ぎんみかた》与力に書状を書く、下がって同心詰所で待て……」

「忝《かたじけの》うございます」

麟太郎は礼を述べた。

「うむ……」

梶原は、辰五郎と麟太郎を伴って溜之間から出て行った。

平九郎は見送った。

「理由によっては旗本の部屋住みも助けてやりたいか……」

肥前守が中庭からあがって来た。

「はい。中々のものですな」

平九郎は感心した。

「うむ。平九郎、急ぎ書状を書くが良い。儂《わし》からも頼むとな……」

肥前守は命じた。

「心得ました。では……」

平九郎は、肥前守に一礼して溜之間から出て行った。

「青山麟太郎、面白い男になったな……」

肥前守は苦笑した。


北町奉行所は、外濠《そとぼり》に架かっている呉服橋《ごふくばし》御門内にある。

梶原八兵衛は、正木平九郎の書状を持って辰五郎や麟太郎と北町奉行所を訪れた。

北町奉行所吟味方与力の岡田《おかだ》半蔵《はんぞう》は、正木平九郎の書状を読んで笑みを浮べた。

「正木どのの御依頼、確《しか》と承《うけたまわ》った。他ならぬ肥前守さまのお口添えもある事ですし、何でもお答え致しましょう」

「忝うございます。麟太郎さん……」

梶原は、麟太郎を促した。

「はい。では、お尋ね致します。先《ま》ずは昨日、湯島天神裏の切通しでお店者に刺された娘ですが、容体は……」

麟太郎は尋ねた。

「ああ。あの付き纏《まと》いの一件か……」

岡田は頷いた。

「付き纏いにございますか……」

麟太郎は聞き返した。

「左様。それで刺された娘だが、幸いな事に命は助かるそうだ……」

「それは良かった。して、付き纏いとは……」

麟太郎は、話を進めた。

「うむ。あのお店者は、神田松永町《まつながちょう》の油問屋の倅《せがれ》の幸助《こうすけ》と申す者でな。本郷は菊坂台《きくざかだい》町《まち》に住んでいるおくみなる娘に惚《ほ》れ、付き纏った挙げ句の事だ……」

「惚れて付き纏ったのですか……」

「うむ。おくみは好きではなく、付き合う気はないと、幸助にはっきり告げたのだが、幸助はそれを恥ずかしいので断っただけで、本当は自分に惚れていると勝手に思い込み、しつこく付き纏っていたそうだ。だが、おくみが本当に自分を嫌っていると知り、凶行に及んだらしい……」

岡田は苦笑した。

「幸助、随分《ずいぶん》と思い込みの激しい奴ですね」

麟太郎は眉をひそめた。

「うむ。今でも、刺したのは、おくみが自分を嫌った報いであり、自分は悪くなく、悪いのは、自分を嫌ったおくみだと申し立てているそうだ」

岡田は、呆《あき》れたように告げた。

「自分を嫌った奴が悪い、ですか……」

麟太郎は困惑した。

「随分と身勝手な野郎ですね。その若旦那の幸助は……」

梶原は吐き棄てた。

「左様。呆れ果てた奴だ」

岡田は頷いた。

おくみを刺した幸助の身勝手さは何処から来ているのか……。

若旦那として甘やかされて育ったからなのか、それとも乱心しているのか……。

麟太郎は、小肥りの幸助を思い浮かべた。

思い浮かべた幸助の姿は、ゆっくりと旗本の部屋住みの矢野淳之介の小肥りな姿に変わっていった。

矢野淳之介と御家人の御新造は、どのような拘《かかわ》りなのだ。

麟太郎は、微かな焦《あせ》りを覚えた。

御徒町の組屋敷街には、物売りの声が長閑《のどか》に響いていた。

麟太郎は梶原や辰五郎と別れ、矢野淳之介が付け廻している御新造の組屋敷に向かっていた。

肥前守さまのお口添え……。

麟太郎は、北町奉行所吟味方与力の岡田半蔵の言葉が気になっていた。

肥前守さまとは、南町奉行の根岸肥前守に違いない。

ならば何故、肥前守は口添えをしてくれたのだろうか……。

何故だ。

麟太郎は、根岸肥前守と今迄に一度もあった事がないのだ。

肥前守は、佐渡《さど》奉行や勘定《かんじょう》奉行に就き、六十歳を過ぎてから南町奉行になっていた。

年寄りの武士に知り合いはいない……。

麟太郎は、北町奉行所吟味方与力岡田半蔵の言葉に引っ掛かった。

辻の傍の組屋敷が見えてきた。

矢野淳之介が追い廻す御新造の組屋敷だ。

麟太郎は、辺りを窺った。だが、辺りに矢野淳之介はいなかった。

麟太郎は、板塀《いたべい》の外から組屋敷を窺った。

組屋敷からは、微かに薬湯《やくとう》の匂いが漂っていた。

病人がいるのか……。

麟太郎は眉をひそめた。

酒屋の手代が、酒樽を積んだ大八車を引いてやって来た。

麟太郎は呼び止めた。

「はい。何でしょうか……」

「ちょいと訊きたい事があるのだが、此《こ》の組屋敷には何方《どなた》が住んでいるか、知っているかな……」

麟太郎は、辻の傍の組屋敷を示した。

「は、はい……」

手代は、戸惑った面持ちで麟太郎を見た。

麟太郎は、手代に素早く小粒を握らせた。

「誰が住んでいるのかな……」

「はい。村上真十郎《むらかみしんじゅうろう》さまと御新造の早苗《さなえ》さまが……」

手代は、小粒を握り締めた。

「村上真十郎どのと早苗どのか……」

「はい……」

「子供や舅《しゅうと》は……」

「いらっしゃいません」

「じゃあ、病《やまい》なのは主《あるじ》の村上どのか……」

「はい。確か旦那さまは心《しん》の臓《ぞう》が悪いとかで、御新造さまも大変ですよ」

「そうか……」

村上真十郎は心の臓の病に罹《かか》っている。

「お待さま、お客さまがお待ちなので、そろそろ……」

手代は、申し訳なさそうに眉をひそめた。

「おう、すまん。造作を掛けたな」

麟太郎は、手代を解放した。

手代は、酒樽を積んだ大八車を引いて立ち去った。
心の臓を患《わずら》っている村上真十郎と早苗夫婦か……。
麟太郎は、村上屋敷を眺めた。
村上屋敷は、薬湯の匂いを微かに漂わせて静けさに包まれていた。
麟太郎は、組屋敷街を来る小肥りな武士に気付いた。
矢野淳之介だ。
睨み通り、やって来た……。
麟太郎は、物陰に入って淳之介を見守った。
矢野淳之介は、辻に立ち止まって村上屋敷を眺めた。
その顔は楽しげだった。
麟太郎は眉をひそめた。
思い込みが激しく、身勝手な奴……。
麟太郎は、切通しで娘を刺した若旦那の幸助を思い出した。
矢野淳之介も幸助同様、思い込みが激しく身勝手な奴なのかもしれない。
麟太郎は、矢野淳之介を見守った。
矢野淳之介は、村上屋敷の斜向いにある路地に入った。

路地に潜み、村上家の御新造の早苗を見張るつもりなのか……。

麟太郎は読み、矢野淳之介を見張る事にした。

時が過ぎた。

矢野淳之介は路地の入口に潜み、辛抱強く村上屋敷を見詰めていた。

まるで見張る事が楽しいかのような笑みを浮べて……。

麟太郎は眉をひそめた。

「何をしている……」

近所の組屋敷の隠居と思われる白髪頭《しらが》の老武士が、矢野淳之介が潜んでいる路地の前に佇んだ。

矢野淳之介は、浮べていた笑みを消し、暗い眼で老武士を見詰めた。

麟太郎は見守った。

「おぬし、此の前も此処にいたな」

老武士は、咎《とが》めるように矢野淳之介を睨み付けた。

次の瞬間、矢野淳之介は路地から飛び出して老武士に体当たりをした。

老武士は、思わず声をあげて倒れた。

矢野淳之介は、倒れた老武士を蹴飛ばした。

老武士は悲鳴をあげた。

矢野淳之介は、倒れた老武士を狂ったように何度も蹴飛ばした。

「止《や》めろ……」

麟太郎は、物陰から飛び出した。

「俺は悪くない。悪くないんだ」

矢野淳之介は叫び、身を翻《ひるがえ》した。

麟太郎は、追い掛けようとした。

倒れた老武士が苦しげに呻《うめ》いた。

麟太郎は、老武士に駆け寄った。

「大丈夫ですか……」

「う、うむ……」

老武士は頷き、必死に起き上がろうとした。

だが、足腰を痛めたらしく起き上がる事は出来なかった。

早苗が、怪訝な面持ちで村上屋敷から出て来た。

「あっ。柴崎《しばざき》さま……」

早苗は驚き、老武士と麟太郎の許に駆け寄った。

「おお、早苗どの……」

「どうされました。とにかく我が家に。お願いします」

早苗は、麟太郎に頼んだ。

「お、おう……」

麟太郎は、柴崎と呼ばれた老武士を背負い、早苗に誘われて村上屋敷に入った。

淳之介に蹴られた腰や脚の骨は、幸いな事に折れてはいなく打ち身だけだった。

「御隠居、骨が折れていなくて幸いでしたな」

村上真十郎は、病に窶《やつ》れた顔に微笑みを浮べた。

「うむ……」

早苗は、柴崎の腰や背に膏薬《こうやく》を貼った。

「はい。終わりましたよ」

「造作を掛けたな、早苗どの……」

「いいえ。御礼ならこちらの方に……」

早苗は、控えていた麟太郎を示した。

「うむ。そうだな。お助け戴き、礼を申す」

柴崎は、麟太郎に頭を下げた。

「いえ……」

「拙者は此の先の組屋敷に住む隠居の柴崎左門《さもん》、此方《こちら》は村上真十郎どのと御妻女の早苗どのです」

村上真十郎と早苗は、麟太郎に会釈をした。

「私は青山麟太郎と申します」

麟太郎は名乗った。

「青山麟太郎どのか……」

柴崎は頷いた。

「はい。処《ところ》で柴崎さま、あの者は時々、現れるのですか……」

麟太郎は尋ねた。

「左様。あの者は時々、あそこに潜んでは村上どのの組屋敷を見張っているような……」

早苗は、顔色を僅《わず》かに変えて膏薬や油紙を片付ける手を止めた。

麟太郎は気付いた。

「我が屋敷をですか……」

村上は、戸惑いを浮べた。

「如何《いか》にも……」

柴崎は頷いた。

「そうですか。村上どの、お心当りは……」

麟太郎は訊いた。

「私はないが、早苗はどうだ……」

村上は、早苗に尋ねた。

「は、はい。私も心当りはございません。今、お茶を……」

早苗は、首を横に振って台所に立った。

嘘だ……。

麟太郎は、早苗が嘘を吐《つ》いているのに気付いた。

何故だ……。

早苗は、組屋敷を見張り、柴崎を蹴飛ばして逃げた者が誰か気付いていながら、内緒にしているのだ。

麟太郎は知った。

村上屋敷の周囲に不審な者はいない……。

麟太郎は見定めた。

柴崎が早苗に介添えされ、村上屋敷の木戸門から出て来た。

「大丈夫ですか……」

早苗は、柴崎を心配した。

「うむ。大丈夫だ」

柴崎は、老顔を顰《しか》めながら頷いた。

「私が送りますよ」

「そうして戴ければ安心です」

早苗は、麟太郎に微笑んだ。

「任せて下さい。さあ……」

麟太郎は、柴崎に肩を差し出した。

「おお、すまんな……」

柴崎は、麟太郎の肩を借りた。

「ではな早苗どの……」

「失礼します」

「お気を付けて……」

麟太郎と柴崎は、早苗に見送られて組屋敷街を進んだ。


「村上どのは病ですか……」

「うん。気の毒に、心の臓のな……」

柴崎は、村上真十郎を哀れんだ。

「早苗さん、大変ですね」

「左様。しかし、早苗どのは村上どのが心の臓を患っていると知って一緒になったそうだ。大変なのは覚悟の上。ま、それだけ惚れているのだろうな」

「惚れていますか……」

「うむ。村上どのも早苗どのにな……」

柴崎は笑った。

「互いに惚れ合った二人ですか。それにしても、早苗さんの親御さんは反対しなかったんですかね」

「うむ。その時、早苗どのには中々良い縁談が進んでいたそうだが、父上も最後は惚れ合っているのが一番だと、縁談を断り、村上どのに嫁ぐのを許してくれたそうだ」

「そいつは良かったですね……」

　麟太郎は、村上真十郎と早苗が一緒になった経緯《いきさつ》を知った。

　御徒町の組屋敷街は夕陽に照らされた。

　麟太郎は、柴崎を屋敷に送って来た道を戻った。

　村上屋敷は静寂に覆われ、周囲に不審な気配は窺えなかった。

　よし、帰るか……。

　麟太郎は、元浜町の閻魔長屋に帰ると決めて神田川に架かっている和泉橋に向かった。

　誰かが付いて来る……。

　麟太郎は、御徒町の組屋敷街を抜けて松永町の町場に入った。その時から、後を尾行て来る者がいるのに気付いた。

　麟太郎は、それとなく尾行て来る者を窺った。

　浪人が二人……。

　麟太郎は、尾行て来る者が二人の浪人だと見定めた。

何処の誰が何故……。

麟太郎は眉をひそめた。

三

神田川の流れは夕陽に染まっていた。

麟太郎は、神田川に架かっている和泉橋の上で立ち止まった。

二人の浪人は、素早く和泉橋の袂に隠れた。

麟太郎は振り返った。

「下手な尾行だな……」

麟太郎は嘲笑《あざわら》った。

二人の浪人は、和泉橋の袂から現れた。

「俺に用か……」

「余計な真似はするな……」

「余計な真似……」

麟太郎は眉をひそめた。

「ああ。此以上《これ》、余計な真似をすれば、只《ただ》ではすまぬ……」

二人の浪人は、刀の柄《つか》を握って凄《すご》んだ。

「お前ら、誰に頼まれて俺を脅《おど》そうとしているのだ」

麟太郎は笑い掛けた。

「う、煩せえ……」

二人の浪人は狼狽《うろた》えた。

「誰だ。頼んだのは何処の誰だ……」

麟太郎は、二人の浪人に近付いた。

「黙れ……」

二人の浪人は刀を抜いた。

「面白い。やるか……」

麟太郎は怒鳴り、身構えた。

浪人の一人が、麟太郎に猛然と斬り掛かった。

麟太郎は、浪人の刀を素早く躱《かわ》した。

浪人は踏鞴《たたら》を踏んだ。

麟太郎は、踏鞴を踏んだ浪人の尻を鋭く蹴り飛ばした。

蹴り飛ばされた浪人は、和泉橋の欄干《らんかん》を越えて神田川に落ちた。

水飛沫《みずしぶき》が夕陽に煌《きら》めいた。

麟太郎は、残る浪人を見据えた。

残る浪人は怯《ひる》んだ。

「俺の素性を突き止め、脅せと頼んだのは小肥りの侍だな」

麟太郎は、二人の浪人の雇主《やといぬし》は矢野淳之介だと睨んだ。

浪人の刀の鋒《きっさき》は、小刻みに震えた。

「そうだな……」

麟太郎は、抜打ちの構えを取って怒鳴った。

「そ、そうだ……」

浪人は、嗄《しわが》れ声を震わせた。

「やはりな。で、幾らで頼まれた」

「二、二分……」

「二分だと……」

「ああ、一人二分だ……」

「二人合わせて一両か……」

麟太郎は苦笑した。

「そうだ……」

浪人は頷いた。

「よし。神田川に落ちた奴を助けてやるが良い……」

麟太郎は、浪人に笑い掛けて和泉橋を渡った。

浜町堀を行く屋根船は明かりを灯《とも》し、三味線の爪弾《つまび》きを洩《も》らしていた。

麟太郎は、尾行て来た者がいないのを見定めて閻魔長屋に向かった。

閻魔長屋の木戸の隣には閻魔堂があり、堂守の灯した蠟燭《ろうそく》の火が揺れていた。

麟太郎は、閻魔堂に手を合わせて閻魔長屋の木戸を潜った。

「やあ。お帰りなさい……」

麟太郎の家の傍に、連雀町の辰五郎と下っ引の亀吉が待っていた。

「親分、亀さん……」

麟太郎は戸惑った。

麟太郎は、行燈《あんどん》に火を灯して万年蒲団を二つに畳んで壁に押した。

「さあ。どうぞ……」

麟太郎は、辰五郎と亀吉を狭い家に招き入れた。

「お邪魔しますぜ」

辰五郎と亀吉は、一升徳利《どっくり》と鳥鍋の材料を持って入って来た。

「麟太郎さん、台所と鍋を借りますよ」

「ええ……」

亀吉は、鳥鍋の仕度を始めた。

「美味《うま》そうな鶏肉が手に入りましてね」

辰五郎は微笑んだ。

「そいつは嬉しいな……」

麟太郎は、火鉢の埋み火《うずびび》を掘り起こした。

火鉢に掛けられた鳥鍋は、湯気を漂わせ始めた。

麟太郎、辰五郎、亀吉は酒を飲んだ。

「で、その後、どうなったか、気になりましてね」

辰五郎は笑った。

「そいつが、やはり現れましたよ、矢野淳之介。村上早苗さんの家に……」

「村上早苗さんですか……」

辰五郎は眉をひそめた。

「ええ、矢野淳之介が付き纏っている武家の妻女、村上真十郎どのと云う御家人の御新造さんでした」

「そうですか、で……」

「はい。矢野淳之介、村上どのの組屋敷を見張り始めましてね。そうしたら近所の御隠居さんが……」

麟太郎は、事の顚末《てんまつ》を話した。

「年寄りの御隠居を何度も蹴飛ばすとは、危ない野郎ですね」

亀吉は呆れた。

「で、私が止めに入ったら、逃げて行きましてね……」

「さあ、出来ましたぜ、鳥鍋……」

亀吉は、鳥鍋の蓋《ふた》を取った。

湯気が溢《あふ》れた。

「こいつは美味そうだ……」

麟太郎は、涎《よだれ》を垂らさんばかりに湯気の立つ鳥鍋を覗いた。

鳥鍋は、湯気と共に美味そうな匂いを漂わせた。

麟太郎、辰五郎、亀吉は、鳥鍋を食べながら酒を飲んだ。

「へえ、で、和泉橋まで矢野淳之介に二分で雇われた二人の浪人に尾行られましたか……」

「ええ。私の素性と行き先を突き止めようと。ま、二人で一両の仕事、私も随分と安く見積もられましたよ」

麟太郎は苦笑した。

「で、此からどうするんですか……」

辰五郎は、麟太郎の出方を窺った。

「付き纏われるのがどんな事なのか、逆に付き纏って思い知らせてやりますよ」

麟太郎は、鳥鍋を肴《さかな》に酒を飲んだ。

「そいつは面白い……」

「麟太郎さん、何だったらお手伝いしますぜ」

亀吉は笑った。

「えっ、ええ。その時はお願いします」

麟太郎は苦笑した。

「麟太郎さん、何か気になる事でも……」

辰五郎は、麟太郎を見詰めた。

「ええ。矢野淳之介が何故、早苗さんに付き纏っているのか、未だ分からなくて……」

「矢野淳之介と早苗さんの拘りですか……」

「ええ。どんな拘りがあるのか……」

麟太郎は酒を飲んだ。

行燈の火は、油が切れ掛かったのか小刻みに瞬《またた》いた。


村上屋敷の周囲に矢野淳之介はいなかった。

麟太郎は見定めた。

隠居の柴崎に見咎められ、麟太郎に追われそうになったのに狼狽え、諦《あきら》めたのかもしれない。

「悪くない。俺は悪くない……」

麟太郎は、矢野淳之介が残していった言葉を思い出した。

簡単に諦めるような奴ではない……。

矢野淳之介は諦めたのではなく、御徒町の組屋敷街に来るのを警戒しているだけなのだ。

麟太郎は読んだ。

村上屋敷の木戸門が開いた。

麟太郎は、物陰に潜んだ。

風呂敷包みを抱えた早苗が、木戸門から出て来た。

出掛ける……。

麟太郎は見守った。

早苗は、警戒するように辺りを見廻し、足早に神田川に向かった。

麟太郎は追った。

早苗は、御徒町の組屋敷街から町場に足早に進んだ。

矢野淳之介はいない……。

麟太郎は、早苗の周囲に矢野淳之介や不審な者がいないのを見定めながら続いた。

早苗は、神田川沿いの道に出た。そして、大川に向かって東に進んだ。

麟太郎は追った。


神田川は、柳橋を潜って大川に流れ込む。

柳橋を渡ると両国広小路だ。

早苗は、柳橋に差し掛かった。

「早苗さん……」

麟太郎は、早苗に声を掛けた。

早苗は、驚いたように立ち止まり、怯《おび》えた面持ちで振り向いた。

「やあ……」

麟太郎は笑った。

「青山さま……」

早苗は、安堵の笑みを浮べた。

麟太郎は駆け寄った。

「ちょいと訊きたい事がありましてね……」

「えっ……」

早苗は、麟太郎に怪訝な眼を向けた。

「昨日、組屋敷を見張り、柴崎さんに狼藉《ろうぜき》を働いた奴が、旗本の部屋住みの矢野淳之介だと気が付いていますね」

麟太郎は訊いた。

「あ、青山さま……」

早苗は、微かに狼狽えた。

「早苗さん、過日、大店《おおだな》の若旦那が岡惚れした娘にしつこく付き纏い、振られた腹いせに刺したって事件がありましてね」

「えっ……」

早苗は、怯えを滲ませた。

「その若旦那、小肥りで自分勝手な思い込みが激しい奴でしてね。矢野淳之介に良く似ているとは思いませんか……」

麟太郎は、早苗を見詰めた。

「はい……」

早苗は、厳しい面持ちで頷いた。

「此のままでは、早苗さんの身にどんな禍《わざわい》が起こるか……」

麟太郎は心配した。

「青山さま……」

「早苗さん、矢野淳之介とはどのような拘りなんですか……」

「矢野淳之介さまは、私が娘の頃の縁談の相手です」

「縁談の相手……」

「はい。父の知り合いから持ち込まれたお話で、断り切れず見合いを……」

「逢った事があるのですか……」

「はい。ですが、私はその頃から村上と秘《ひそ》かに付き合っておりまして、それで父に話して許して貰《もら》い……」

「矢野淳之介との縁談を断りましたか……」

「はい……」

「そして、村上真十郎どのと一緒になったのですね」

「はい。二年前に……」

「で、矢野淳之介はいつ頃から早苗さんに付き纏うようになったのですか……」

「一年程前になりますか、村上が心の臓の病で初めて倒れた頃からですので……」

「じゃあ、矢野淳之介はもう一年も早苗さんに……」

麟太郎は眉をひそめた。

「はい。心の臓の病でいつ死ぬか分からない村上と別れ、自分と一緒になろうと。自分はいつでも待っていると云って……」

「愚かな事を……」

麟太郎は、身勝手な矢野淳之介に今更《いまさら》ながら呆れた。

「はい。私は村上が亡くなるとは思っていないし、矢野淳之介さまとは一緒にならないと、はっきりお断りしました。ですが、矢野淳之介さまは、今はそう云っていても必ず自分の処に来る事になると……」

早苗は、不安を露《あら》わにした。

「随分と自分勝手な思い込みですね」

麟太郎は、腹立たしさを覚えた。

「ええ……」

早苗は、哀しげに頷いた。

「分かりました……」

「青山さま……」

「私が矢野淳之介と話をしてみます」

麟太郎は微笑んだ。

早苗は、柳橋を渡って両国広小路を横切り、米沢町《よねざわちょう》の呉服屋に出来上がった仕立物を届けに行った。

麟太郎は、呉服屋の表を窺った。

矢野淳之介は、早苗に一年も付き纏い、その行動範囲を良く知っているのだ。おそらく早苗が呉服屋の仕立物を請負《うけお》い、いつ届けに来るのかも知っている筈だ。

村上屋敷を見張って見咎められた御徒町には現れず、早苗が仕立物を届けに来る呉服屋で待っているかもしれない。

呉服屋の前には大勢の人が行き交っていた。

麟太郎は、矢野淳之介を捜した。

いた……。

矢野淳之介は、呉服屋を見通せる処に店を出している露店の陰に佇んでいた。

よし……。

麟太郎は、露店の陰にいる矢野淳之介の背後に廻った。

矢野淳之介は、呉服屋の店内を覗き込むように窺っていた。

麟太郎は、淳之介を背後から見守った。
僅《わず》かな刻《とき》が過ぎた。
早苗が風呂敷包みを抱え、番頭に見送られて呉服屋から出て来た。
新たな仕立物を頼まれた……。
麟太郎は読んだ。
淳之介は、嬉しげな笑みを浮べて露店の陰を出た。
早苗は、番頭に挨拶《あいさつ》をして両国広小路に向かった。
神田川に架かっている柳橋を渡り、来た道を戻って組屋敷に帰るのだ。
淳之介は、追い掛けようとした。
「おい……」
麟太郎は声を掛けた。
淳之介は、弾かれたように振り返った。
麟太郎は笑い掛けた。
「お、おぬし……」
淳之介は、激しく狼狽えた。
「付き纏うのもいい加減にしろ」

麟太郎は、淳之介を厳しく見据えた。
淳之介は、顔を強張《こわば》らせてその場を離れた。
さあ、付き纏ってやる……。
麟太郎は、冷笑を浮べて淳之介を追った。
淳之介は、早苗を追わずに神田川沿いの柳原《やなぎわら》通りに向かった。
麟太郎は追った。

神田川沿いの柳原通りには、柳並木が緑の枝を揺らしていた。
淳之介は、立ち止まって背後を振り返った。
麟太郎は、嘲《あざけ》りを浮べて立ち止まった。
淳之介は、苛立ちと怯えの入り混じった暗い眼で麟太郎を睨み付けた。
付き纏われる者の気持ちを思い知らせてくれる……。
麟太郎は、面白そうに笑った。
淳之介は、腹立たしげに歩き出した。
麟太郎は追った。
柳並木の枝は揺れた。

神田八ツ小路には多くの人が行き交っていた。
淳之介は、背後を来る麟太郎を気にしながら昌平橋《しょうへいばし》を渡った。
麟太郎は続いた。

湯島天神は参拝客で賑わっていた。
矢野淳之介は、湯島天神門前町の盛り場に入った。
盛り場に連なる飲み屋は、開店の仕度に忙しかった。
淳之介は、飲み屋の連なりを進んだ。そして、奥の飲み屋の前で立ち止まった。
麟太郎は立ち止まった。
飲み屋は開店の仕度もせず、腰高障子を閉めたままだった。
淳之介は、麟太郎を腹立たしげに一瞥して飲み屋に入った。
淳之介は、場末の飲み屋の馴染《なじみ》になるような男じゃあない。
麟太郎は睨み、僅かに戸惑った。
どんな飲み屋なのだ……。
麟太郎は興味を抱いた。

隣の小料理屋の大年増《おおどしま》の女将《おかみ》が現れ、店先の掃除を始めた。

「女将さん……」

麟太郎は駆け寄った。

「あら、何ですか……」

「隣の飲み屋、どんな店かな……」

麟太郎は尋ねた。

「えっ、隣の店ですか……」

大年増の女将は眉をひそめた。

「ええ。見た処、女将さんの店と違って真っ当な酒や料理をだすとは思えないが……」

「そりゃあそうですよ。安酒を飲ませる博奕打《ばくち》ちや食詰《くいつ》め浪人の溜り場ですからね……」

大年増の女将は、嘲りと侮《あなど》りを露わにした。

「博奕打ちや食詰め浪人の溜り場……」

「ええ……」

大年増の女将は頷いた。

麟太郎を尾行た二人の浪人は、おそらく此の店に出入りをしている者なのだ。

麟太郎は、飲み屋を見詰めた。

飲み屋の腰高障子が開いた。

麟太郎は、大年増の女将に礼を云って離れた。

飲み屋から淳之介が出て来た。

「おう……」

麟太郎は、淳之介に笑い掛けた。

淳之介は、麟太郎を苛立たしげに一瞥して盛り場の出入口に向かった。

麟太郎は追った。


盛り場を出た淳之介は、湯島天神の境内《けいだい》に入った。

境内には参拝客が行き交っていた。

淳之介は、本殿に手を合わせもせずに境内を抜け、男坂に向かった。そして、男坂を下りて不忍池《しのばずのいけ》に進んだ。

不忍池に何用だ……。

麟太郎は追った。

淳之介は、付き纏う麟太郎を冷ややかに一瞥した。
何かを企んでいる……。
麟太郎は睨んだ。
面白い……。
麟太郎は、淳之介を追った。
初秋の微風は、麟太郎の鬢《びん》の解《ほつ》れ髪《げ》を揺らした。

四

不忍池の畔《ほとり》には、気の早い落葉が舞い始めていた。
矢野淳之介は、不忍池の畔を進んだ。
麟太郎は追った。
淳之介は、不忍池の畔にある茶店で茶を飲み始めた。
何を企んでいるのか知らねえが、勿体《もったい》をつけやがって……。
麟太郎は見守った。
東叡山寛永寺《とうえいざんかんえいじ》の鐘が申《さる》の刻七つ（午後四時）を報せた。

淳之介は、茶店を出て不忍池の畔を進んだ。

何処に行く……。

麟太郎は追った。

数人の浪人と博奕打ちたちが雑木林から現れ、麟太郎を取り囲んだ。

麟太郎は立ち止まった。

淳之介は、飲み屋で浪人と博奕打ちたちの手配りをし、不忍池の畔に麟太郎を誘い込んだのだ。

「俺に付き纏うのも此迄《ここまで》だ……」

淳之介は、狡猾《こうかつ》な笑みを浮べた。

「面白い。出来るものならやってみろ」

麟太郎は笑った。

「煩せえ……」

博奕打ちの一人が、長脇差《ながどす》を振り翳《かざ》して麟太郎に斬り掛かった。

麟太郎は、博奕打ちを投げ飛ばして地面に叩《たた》き付けた。

落葉が舞い上がった。

麟太郎は、地面に叩き付けられて呻いている博奕打ちの長脇差を奪い取った。

「さあ、来い……」

麟太郎は長脇差を構え、神道無念流撃剣館での総掛りの稽古《けいこ》のように浪人と博奕打ちたちを見廻した。

「おのれ……」

浪人と博奕打ちたちは、猛然と麟太郎に斬り掛かった。

麟太郎は、長脇差を峰に返して斬り掛かる浪人や博奕打ちたちを容赦なく打ち据えた。

浪人と博奕打ちたちは、次々に打ちのめされて悲鳴をあげた。

淳之介は、麟太郎の強さに驚き、怯えて後退《あとずさ》りした。

残った浪人と博奕打ちたちは、息を鳴らして退《ひ》き下がって麟太郎を囲んだ。

「どうした、どうした。此迄《これまで》か……」

麟太郎は、撃剣館の総掛りの稽古の時のように怒鳴った。

残った浪人と博奕打ちたちは怯み、及び腰で麟太郎に対峙《たいじ》するばかりだった。

所詮《しょせん》、僅かな金で雇われただけだ。怪我をする義理はない。

麟太郎は、浪人と博奕打ちたちの腹の内を読んだ。

淳之介は、後退りしたまま踵《きびす》を返した。

「どうした付き纏いの未練者……」

麟太郎は、淳之介に怒鳴った。

淳之介は思わず身を縮め、振り返りもせず足早に立ち去ろうとした。

麟太郎は、浪人や博奕打ちたちに長脇差を投げ付けた。

浪人と博奕打ちたちは、一斉に後退した。

麟太郎は、淳之介を追った。

淳之介は、不忍池の畔を足早に進んだ。

麟太郎は追った。


淳之介は、足早に不忍池の畔から茅町《かやちょう》一丁目に入った。そして、越後国高田《えちごのくにたかだ》藩江戸中屋敷の横手の道に入り、加賀国《かがのくに》金沢藩江戸上屋敷の裏手を進んだ。裏手の道は湯島天神裏の切通しに続いていた。

淳之介は、切通しから本郷通りに足早に向かった。

麟太郎は冷笑を浮べ、淳之介の歩調に合わせて追った。

淳之介は、切通しから本郷通りの四丁目に出た。

御弓町の矢野屋敷に帰るつもりか……。

麟太郎は読んだ。

淳之介は、北ノ天神真光寺門前町に入って御弓町に進んだ。

睨み通りだ……。

淳之介は、村上早苗に付き纏うつもりだったが、逆に麟太郎に付き纏われて早々に屋敷に戻るのだ。

麟太郎は読んだ。

淳之介は、麟太郎の読みの通りに矢野屋敷に戻った。そして、追って来る麟太郎に憎悪の一瞥を与えて屋敷内に入った。

麟太郎は、冷笑を浮べて見届けた。

「麟太郎さん……」

下っ引の亀吉が物陰から現れ、麟太郎に駆け寄って来た。

「やあ、亀さん……」

「野郎に付き纏ったんですかい……」

「ええ。早苗さんに付き纏おうとしたので逆にね」

麟太郎は苦笑した。

「野郎、焦ったでしょうね」

亀吉は、面白そうに笑った。

「私の付き纏いを止めさせようと、途中で食詰め浪人や博奕打ちを雇いましたよ」

「そいつは、野郎、付き纏われた上に大散財でしたね」

亀吉は、笑いながら淳之介に同情した。

「きっとね。ま、此《これ》でしつこく付き纏われると、どんなに不安になるのか気が付き、止めると良いんだが……」

麟太郎は眉をひそめた。

「ええ。じゃあ、ちょいと休んで下さい。野郎が動けば、直ぐに報せますよ」

「そいつはありがたい……」

麟太郎は、亀吉と見張りを交代した。

矢野屋敷は静寂に覆われたままだった。


下城した根岸肥前守は、老妻綾乃の介添えで裃《かみしも》を脱ぎ、座敷に向かった。

座敷には、内与力の正木平九郎が待っていた。

「待たせたな……」

「いえ……」

「して、分かったか……」

「はい。梶原八兵衛が岡っ引の辰五郎に訊いた処によりますと、麟太郎どのが懸念しているのは、矢野淳之介と申す旗本の部屋住みが御家人村上真十郎の早苗と申す妻に懸想《けそう》し、しつこく付き纏っていると云うものでした」

平九郎は報せた。

「矢野淳之介か……」

「はい。旗本五百石小普請《こぶしん》組の矢野主膳《しゅぜん》どのの次男です」

「どのような者なのだ……」

「八兵衛がざっと調べた処では、子供の頃からちょいと変わっているとの噂《うわさ》があったそうです……」

「変わっている……」

「はい……」

「どのように変わっているのだ」

「それが、いろいろな虫の足や羽《はね》を毟《むし》り取っては、死んでいくのを面白そうに見詰めていたとか。思い込みが激しく、どうみても自分が悪いのに、悪いのは相手だと平気で云い張るとか……」

平九郎は、厳しい面持ちで告げた。

「成《な》る程《ほど》。変わっているか……」

肥前守は眉をひそめた。

「はい。麟太郎どのの矢野淳之介をも助けてやりたいとの思い、虚《むな》しいものになるやも……」

「うむ。己の思いは絵草紙にでも書くのだな。して、どうした」

「八兵衛に詳しく探れと命じました」

「よし……」

肥前守は頷いた。

日が暮れた。

御弓町の武家屋敷街に辻行燈が灯された。

麟太郎と亀吉は、淳之介が動くのを交代で見張った。

しかし、矢野屋敷から出て来る者はいなく、淳之介が動く気配もなかった。

麟太郎と亀吉は、見張り続けた。

夜は音もなく更《ふ》けていく。

夜が明けた。

初秋の夜明けは、涼やかさに満ちていた。

「麟太郎さん……」

亀吉が囁き、矢野屋敷の潜り戸が開くのを示した。

麟太郎は潜り戸を見た。

潜り戸から淳之介が出て来た。

麟太郎と亀吉は見守った。

淳之介は、思い詰めた顔で辺りを窺った。

麟太郎と亀吉は身を潜めた。

淳之介は、麟太郎がいないと見定めて未だ薄暗い御弓町を進んだ。

「淳之介の奴、夜明けなら私が見張っていなくて、付き纏わないと思ったようですね」

麟太郎は笑った。

「ええ。さあ……」

亀吉は、淳之介を追った。

麟太郎は続いた。

淳之介は、思い詰めた顔で薄暗い御弓町から本郷通りに向かった。

矢野淳之介は、本郷通りを横切って切通しを足早に進んだ。

麟太郎と亀吉は追った。

「行き先は御徒町ですかね」

「きっと……」

麟太郎と亀吉は、淳之介の行き先を読んだ。

「で、どうします。姿を見せて付き纏いますか……」

亀吉は笑った。

「そいつなんですが、姿を見せて付き纏えば、淳之介、行き先を変えるかもしれませんね」

麟太郎は読んだ。

「それもそうですね。じゃあ、此のまま後を尾行ますか……」

「ええ……」

麟太郎は頷き、亀吉と共に足早に行く淳之介を追った。
町は眠りから覚め始めていた。
淳之介は、切通しから人気《ひとけ》のない下谷広小路を抜けて御徒町の組屋敷街に進んだ。
村上屋敷に行く……。
麟太郎と亀吉は、淳之介の行き先を見定めた。
「野郎、こんなに早く村上屋敷に行って何をするつもりなんですかね」
亀吉は眉をひそめた。
「ええ。分からないのは、そいつです……」
麟太郎は、微かな緊張を覚えていた。
村上屋敷の庭の木々の梢《こずえ》では、雀《すずめ》が鳴きながら遊び始めていた。
淳之介は木戸門の前に佇み、思い詰めた顔で村上屋敷を見詰めた。
何をする気だ……。
麟太郎と亀吉は見守った。
淳之介は、意を決したように村上屋敷の木戸門を押した。

木戸門は、閂《かんぬき》が掛けられていて開かなかった。
淳之介は、思い詰めた顔に怒りを浮べ、小肥りの身体で押した。
木戸門は微かな軋《きし》みを上げた。
無理矢理に木戸門を開けようとしている。
此迄《これまで》だ……。
麟太郎は決めた。
「何をしている……」
麟太郎は物陰を出た。
淳之介は、弾かれたように振り返った。
「朝から何をする気だ」
麟太郎は進み出た。
淳之介は、思わず逃げようとした。
行く手に亀吉が現れた。
淳之介は立ち竦《すく》み、思い詰めた顔を醜《みにく》く歪めた。
「矢野淳之介……」
麟太郎は呼び掛けた。

「俺は、俺は……」

淳之介は、嗄れ声を震わせた。

「悪くないか……」

麟太郎は、哀れむように淳之介を見詰めた。

「そうだ。俺は病の亭主の看病をし、薬代の為に仕立物をする貧乏御家人の暮らしから早苗どのを助け出したいだけだ。だから、俺は悪くない……」

淳之介は、嗄れ声を震わせて懸命に訴えた。

「淳之介、早苗さんは妻として夫の看病に努め、支えているのだ。決して辛いとか苦労だとは思っちゃあいない」

麟太郎は云い聞かせようとした。

「嘘だ。そんな事は嘘だ。早苗どのは俺との縁談を喜んでいた。それなのに父上に無理矢理に貧乏御家人に嫁《とつ》がされたのだ。早苗どのは懸命に堪《た》えているんだ」

淳之介は、すべてを己に都合の良いように思い込んでいた。

「淳之介……」

麟太郎は、怒りが湧くのを覚えた。

「だから俺は早苗どのを見守り、いつか必ず助けようと思って……」

「しつこく付き纏っていたのか……」

「違う。見守っていたのだ」

「見守っていただと……」

「そうだ。早苗どのは俺と一緒になりたかったのだ。だから、俺は悪くない。俺は悪くないのだ」

淳之介は云い張った。

「所詮、只の付き纏いの未練者か……」

麟太郎は吐き棄てた。

「違う。俺は早苗どのの為に、早苗どのを助ける為に……」

「止《や》めて下さい」

早苗の声が淳之介を遮《さえぎ》った。

淳之介は振り返った。

早苗と村上真十郎が木戸門を出た処にいた。

「早苗どの……」

淳之介は、嬉しげに笑った。

麟太郎は見守った。

「矢野淳之介さま、私は御家人村上真十郎の妻にございます。貴方《あなた》さまに助けて戴く謂《い》われはなく、助けて戴きたいなどとも決して思ってはおりません。付き纏われるのは迷惑なだけにございます」

早苗は、淳之介にはっきりと云い聞かせた。

「さ、早苗どの、他人がいるからと、心にもない事を……」

淳之介は狼狽えた。

「私は貴方さまを何とも思ってはおりません。寧《むし》ろ嫌いです。大嫌いなだけです。もう付き纏わないで下さい」

早苗は、語気強く告げた。

「わ、分かった。早苗どの、今はそう云う事にして、後で……」

淳之介は狼狽え、頰《ほお》を引き攣《つ》らせて作り笑いを浮べた。

未だ何も分かっていない……。

麟太郎は呆れた。

次の瞬間、早苗は淳之介の頰を平手打ちにした。

鋭い音が鳴り、淳之介の作り笑いが凍《い》て付いた。

「さあ、無礼者と怒り、憎みなさい……」

早苗は云い放った。

「お、おのれ……」

淳之介は激昂《げっこう》し、刀を抜いて早苗に斬り付けようとした。

刹那《せつな》、麟太郎は淳之介を突き飛ばした。

淳之介はよろめき、膝《ひざ》をついた。

麟太郎は、淳之介の刀を奪った。

亀吉は、淳之介を押さえ付けて素早く早縄を打った。

「放せ。俺は悪くない。悪くないんだ……」

淳之介は、子供のように声をあげて泣いた。

早苗と村上真十郎は眉をひそめた。

「麟太郎さん、本当に呆れた奴ですね」

亀吉は苦笑した。

「ええ……」

麟太郎は、子供のように泣き続ける淳之介に怒りを覚えずにはいられなかった。

蜆《しじみ》売りの売り声が響いた。

御徒町の組屋敷街は、いつも通りに蜆売りの売り声の響く朝を迎えた。

根岸肥前守は、麟太郎と亀吉が矢野淳之介を捕えて大番屋に引き立てたと知り、内与力の正木平九郎を本郷御弓町の旗本矢野主膳の屋敷に走らせた。

正木平九郎は、矢野主膳と逢って次男の淳之介の付き纏いの事実を報せ、速やかな善処を求めた。

「さもなければ矢野どの、我ら町奉行所としては、淳之介どのが御家人の妻女に懸想して付き纏った挙げ句、止めさせようとした浪人を無頼《ぶらい》の者共を雇って襲わせたと、御目付《おめつけ》と評定所《ひょうじょうしょ》に報せる事となりますが……」

平九郎は、厳しい面持ちで告げた。

矢野主膳は愕然《がくぜん》とした。

淳之介の所業が公儀に知れれば、どのような仕置を受けるか分からない。下手をすれば、主膳は家中取締不行届《とりしまりふゆきとどき》として切腹、矢野家は取り潰《つぶ》しの仕置を受けるかも知れない。

主膳は震え上がった。

「ま、正木どの、どうすれば良いのです」

「されば、先ずは淳之介どのが乱心したと御公儀に届け、座敷牢に押込めるのですな」

「乱心者として座敷牢に……」

主膳は呆然とした。

「如何にも。それしか手立てはありますまい」

正木は、主膳を見据えて告げた。

「確と、確と承った……」

主膳は項垂《うなだ》れた。

矢野淳之介は、乱心者として座敷牢に押込められた。

麟太郎は、梶原八兵衛から矢野淳之介の始末を聞き、村上真十郎と早苗夫婦に報せた。

「乱心者として座敷牢に……」

「おそらく生涯出て来る事はありますまい」

「そうですか、良かったな早苗……」

「はい……」

早苗は満面に安堵を浮べ、夫真十郎と共に麟太郎に深々と頭を下げた。

「ねっ、付き纏いの未練者。それでどうなったの……」

お蔦は、面白そうに眼を輝かせた。

「二代目、そいつは閻魔堂赤鬼が次に書く絵草紙を楽しみにしているんだな」

麟太郎は笑った。

「何よ。勿体《もったい》振っちゃって……」

お蔦は、頰を膨《ふく》らませた。

「そう云えば二代目。いつだったか男に付き纏われたと云っていたな」

麟太郎は、厳しい面持ちで尋ねた。

「ああ、あれ……」

「うん。その後、どうした」

「あれは、私が落とした手拭《てぬぐい》を届けようとして追っ掛けて来ただけだったわ……」

お蔦は、笑って誤魔化《ごまか》そうとした。

「そうか。ま、二代目じゃあ、男に付き纏われるなんて滅多《めった》にないか……」

麟太郎は苦笑した。

「麟太郎さん、貸しているお金、明日迄に返して下さいな」

お蔦は、頬を膨らませて座を立った。

「えっ、二代目、急に何故《なぜ》だ。二代目……」

麟太郎は慌てた。

枯葉は静かに舞い散った。

第四話　閻魔《えんま》の仇討《あだうち》

一

晩秋。

浜町堀《はまちょう》には色とりどりの落葉が流れた。

粋《いき》な形《なり》をした年増は、閻魔堂《えんまどう》に手を合わせて何事かを祈っていた。

祈りは長かった。

戯作者《げさくしゃ》閻魔堂赤鬼《あかおに》こと青山麟太郎は、隣の閻魔長屋の木戸から出て来て閻魔堂に手を合わせようとした。だが、粋な形の年増が手を合わせているのに気付き、木戸の傍《かたわ》らに佇《たたず》んで待った。

粋な形の年増は、麟太郎に気付いて合わせていた手を解《ほど》いた。

「御免なさい。閻魔さまを独り占めして……」

粋な形の年増は、その細面《ほそおもて》に微笑《ほほえ》みを浮べて詫《わ》びた。

「いや。詫びるには及ばない……」

麟太郎は、何故《なぜ》か狼狽《うろた》えた。

「じゃあ、お先に……」

粋な形の年増は、麟太郎に会釈をして閻魔堂から立ち去った。

麟太郎は見送った。

辰《たつ》の刻《こく》五つ（午前八時）を告げる鐘の音《ね》が遠くから聞こえた。

麟太郎は、我に返ったように閻魔堂に手を合わせて閻魔長屋に戻った。

閻魔長屋の井戸端では、おかみさんたちが洗濯をしながらお喋《しゃべ》りをしていた。

麟太郎は、木戸の近くの家に入ろうとした。

「麟太郎さん……」

中年のおかみさんが、親しげに麟太郎を呼び止めた。

「何だ。おとらさん……」

「お詣《まい》りに来ていたかい、粋な形の女の人……」

おとらは、閻魔堂の方を示した。

「えっ。ああ……」

麟太郎は頷《うなず》いた。

「やっぱり……」

おとらは、他の二人のおかみさんに頷いてみせた。

「此《これ》で七日続けてだよ」

「何か願掛けでもしているのかしら……」

「閻魔堂に願掛けなんて、余り聞いた事がないよ」

「それもそうだねえ……」

おとらたちおかみさんは、賑《にぎ》やかに笑った。

「おとらさん、あの粋な形の女の人、七日も続けて閻魔堂にお詣りに来ているのか……」

麟太郎は尋《たず》ねた。

「ああ。変わった人だよ」

おとらは、眉《まゆ》をひそめて頷いた。

「そうか……」

粋な形の年増は、七日続けて閻魔堂にお詣りに来ていた。

おとらたちおかみさんが云《い》うように確かに変わった女かもしれない。だが、それにはそれなりの理由がある筈《はず》だ。

その理由とは何だ……。

「おとらさん、あの粋な形の女、何処《どこ》の誰か知っているのかな」

麟太郎は尋ねた。

「さあ、何処の誰だか、最近、此《こ》の界隈に越して来たんじゃあないのかねえ」

おとらたちおかみさんは、粋な形の年増が何処の誰か知らなかった。

「そうか……」

閻魔堂に七日続けてお詣りに来ている素性の分からぬ粋な形をした年増……。

麟太郎に興味が湧《わ》いた。

通油町《とおりあぶらちょう》の地本《じほん》問屋『蔦屋《つたや》』では、訪れた客たちが絵草紙や錦絵を選んでいた。

「邪魔をするよ」

麟太郎は、『蔦屋』の暖簾《のれん》を潜《くぐ》った。

「いらっしゃい……」

番頭の幸兵衛は、帳場で算盤《そろばん》を入れながら麟太郎を迎えた。

「やあ。番頭さん、二代目はいるかな……」

麟太郎は、框《かまち》に腰掛けて番頭の幸兵衛に尋ねた。

「生憎《あいにく》、お出掛けですよ……」

幸兵衛は、帳簿に眼を落としたまま告げた。

「そうか……」

麟太郎は、僅《わず》かに肩を落とした。

「それで、書き上がったんですか、閻魔堂赤鬼先生の大江戸閻魔帳の新作……」

「うん。昨夜、漸《ようや》くな。面白いぞ……」

麟太郎は、意気込んで懐《ふところ》から原稿を取り出した。

「そうですか。売れると良いんですがね」

幸兵衛は苦笑した。

「そりゃあもう、売れるのに間違いない」

麟太郎は、自信満々で笑った。

「此の前もそう云っていましたね」

幸兵衛は、麟太郎を冷たく一瞥《いちべつ》した。

「そ、そうか。ま、前作は前作だ。今度は違う。本当だ」

麟太郎は、已に言い聞かせるように頷いた。

「だと良いんですがね。じゃあ、お預かりしますよ」

幸兵衛は手を出した。

「うん。宜《よろ》しく頼む……」

麟太郎は、原稿を幸兵衛に渡し、柏手《かしわで》を打って頭を下げた。

柏手の乾いた音が『蔦屋』に響いた。


両国広小路《りょうごくひろこうじ》は江戸でも名高い盛り場であり、大勢の人々で賑わっていた。

麟太郎は、両国広小路の片隅にある茶店の縁台に腰掛け、茶を飲みながら行き交う人々を眺《なが》めていた。

人々は見世物小屋に出入りし、露店を冷やかして盛り場を楽しんでいる。

面白い者はいないか、面白い事はないか……。

麟太郎は、茶を飲みながら賑わいを眺め続けた。

女の甲高《かんだか》い悲鳴があがった。

麟太郎は、反射的に縁台から立った。

行き交う人たちが、驚きの声をあげて右往左往した。

「どうした……」
麟太郎は、右往左往する人々の中に入った。
そして、右往左往する人々を掻《か》き分け、女の甲高い悲鳴のあがった処《ところ》に進んだ。
様々な男や女と擦《す》れ違った。
粋な形をした年増……。
麟太郎は、擦れ違った人々の中に粋な形をした年増を見た。
次の瞬間、麟太郎は人のいない処に出た。
麟太郎は、思わず踏鞴《たたら》を踏んだ。
十徳《じっとく》を着た初老の男が、ぽっかりと空いた処に倒れていた。
「あっ……」
麟太郎は立ち止まった。
周囲を取り囲む人々は、眉をひそめて囁《ささや》き合っていた。
麟太郎は、俯《うつぶ》せに倒れている初老の男に近付いた。
「おい。どうした……」
麟太郎は、初老の男に近付いて声を掛けた。
初老の男の返事はなかった。

まさか……。

麟太郎は、俯せに倒れている初老の男を仰向《あおむ》けにした。

初老の男は眼を剝《む》き、腹を真っ赤な血に染めて死んでいた。

死んでいる……。

麟太郎は見定めた。

眉をひそめて見ていた人々が、初老の男が眼を剝いて腹から血を流して死んでいるのに気が付き、響《どよ》めきをあげて後退《あとずさ》りした。

「誰か役人を呼んで来てくれ」

麟太郎は怒鳴り、初老の男の血に染まった腹を見た。

血に染まった腹には、刃物による刺し傷があった。

刺し殺されている……。

麟太郎は見定めた。

「退《ど》け、退け……」

町奉行所の同心が、岡っ引たちを従えて見ている人たちを搔き分けて来た。

「おお、お役人、刺し殺されているぞ」

麟太郎は、同心に報せた。

同心は、麟太郎を一瞥して初老の男の死体を検《あらた》めた。そして、岡っ引たちに何事かを指示した。

岡っ引や町役人たちが動いた。

「お前さんは……」

同心は、胡散臭《うさんくさ》そうに麟太郎を見据えた。

「うん。私か、私は青山麟太郎だ……」

「青山麟太郎……」

「ああ……」

「ならば、刀を見せて貰《もら》おう」

「刀……」

麟太郎は眉をひそめた。

「疑うのが商売でな。念の為だ……」

同心は、微《かす》かな嘲《あざけ》りを浮べた。

「そうか……」

麟太郎は、刀を鞘《さや》ごと抜いて同心に渡した。

刹那《せつな》、岡っ引が麟太郎に背後から縄を打とうとした。

「何をする」

麟太郎は、咄嗟《とっさ》に身を沈めて岡っ引を投げ飛ばした。

岡っ引は、地面に叩《たた》き付けられて呻《うめ》いた。

「動くな……」

次の瞬間、同心が麟太郎の刀を抜いて突き付けた。

麟太郎は凍《い》て付いた。

「早く縄を打て……」

「へ、へい……」

岡っ引は、起き上がって腹立たしげに麟太郎に縄を打った。

「俺は倒れていた男の様子を見ただけだ。刀に血の痕《あと》もないだろう。俺は拘《かかわ》りない」

麟太郎は焦《あせ》った。

「黙れ。拘りがなければ、何故《なにゆえ》に抗《あらが》った」

「それは、いきなり縄を打とうとしたからだ」

「詳しい事は大番屋で聞かせて貰う」

同心は冷笑を浮べた。

「大番屋……」

麟太郎は、事の成行きに啞然《あぜん》とした。

「何、麟太郎が捕えられた……」

南町奉行根岸肥前守《ひぜんのかみ》は眉をひそめた。

「はい。両国広小路で桂木清州《かつらぎせいしゅう》なる町医者を刺し殺した疑いで、北町の同心に……」

内与力《うちよりき》の正木平九郎は告げた。

「町医者を殺した疑い……」

「はい。勿論《もちろん》、麟太郎どのは殺していないと申し立てているそうです」

「して、如何《いかが》致した……」

「臨時廻り同心の梶原八兵衛が岡っ引の辰五郎の報せを受け、直《す》ぐに南茅場町《みなみかやばちょう》の大番屋に駆け付け、お縄にした北町奉行所の桑原秀一郎《くわばらしゅういちろう》なる定町《じょうまち》廻り同心に麟太郎どのの人柄や拘りを告げ、放免するように申入れをしたのですが……」

「放免しないのか……」

「はい。詮議はしないものの、大番屋の牢《ろう》に留め置くと……」

「何故だ」

「抗ったからだと……」

「抗った……」

肥前守は苦笑した。

麟太郎が人殺しの疑いを掛けられ、大人《おとな》しく大番屋に引き立てられる筈はない。

「ま、桑原なる同心、己の睨《にら》みの間違いを認めるのが嫌なのでしょう」

平九郎は、北町奉行所定町廻り同心の桑原秀一郎の腹の内を読んだ。

「うむ。ならば平九郎、面倒を掛けるが、その方《ほう》、北町奉行所に一刻も早く麟太郎を放免するよう、厳しく申入れてくれ」

肥前守は命じた。

「心得ました……」

平九郎は退《さが》った。

「いろいろ楽しませてくれるな、麟太郎……」

肥前守は苦笑した。


南町奉行所内与力の正木平九郎は、青山麟太郎を直ぐに放免するよう北町奉行所の内与力に厳しく申入れた。

正木平九郎の厳しい申入れは、南町奉行の根岸肥前守の意向でもある。

北町奉行所の内与力は、根岸肥前守との間に面倒を起こすのを恐れ、定町廻り同心の桑原秀一郎を叱責し、一刻も早い青山麟太郎放免を命じた。

日本橋川にある鎧《よろい》ノ渡《わた》しの渡し舟は、客を乗せて南茅場町と小網町《こあみちょう》二丁目を行き交っていた。

南茅場町の大番屋の戸が開き、麟太郎が梶原八兵衛や岡っ引の辰五郎、下っ引の亀吉たちと出て来て大きく背伸びをした。

「梶原さん、辰五郎の親分、亀さん、いろいろとお世話になりました」

麟太郎は、梶原、辰五郎、亀吉に深々と頭を下げた。

「いや。礼を云うのなら内与力の正木平九郎さまに云うのだな」

梶原は笑った。

「内与力の正木平九郎さま……」

麟太郎は、戸惑いを浮べた。

「左様。北町奉行所におぬしを放免するように、厳しく申入れをしてな。それより麟太郎さん、此《これ》からどうするつもりだ」

梶原は眉をひそめた。

「そりゃあもう、町医者の桂木清州を殺した奴を先に捕まえて、桑原の奴の鼻を明かしてやりますよ」

麟太郎は息巻いた。

「やはりな……」

梶原は苦笑した。

「麟太郎さん、良かったら亀吉に手伝わせますが……」

辰五郎は、麟太郎に尋ねた。

「そいつはありがたい。是非《ぜひ》……」

「聞いた通りだ、亀。これから麟太郎さんのお手伝いをしな」

「合点です」

亀吉は頷いた。

「宜《よろ》しく頼みます、亀さん……」

麟太郎は、下っ引の亀吉に頭を下げた。

梶原八兵衛と辰五郎は、麟太郎や亀吉と別れて南町奉行所に向かった。

麟太郎は見送った。

「さあて、麟太郎さん、何処から調べますかね……」

亀吉は意気込んだ。

「うん。亀さん、先《ま》ずは腹拵《はらごしら》えをしましょう」

麟太郎は笑った。

麟太郎は、亀吉と蕎麦屋《そばや》に入って蕎麦を啜《すす》り始めた。

「亀さん、内与力の正木平九郎さまってのは、どんな方なのかな」

「えっ。正木さまですか……」

「ええ、奉行所で一度お目にかかったのだが……」

「正木さまは、お奉行の根岸肥前守さまの御家来で、切れ者だと専《もっぱ》らの噂《うわさ》ですよ」

「根岸肥前守さまの家来……」

「ええ。根岸肥前守さま、知っていますか……」

「名前だけはな。そうか、根岸肥前守さまの家来か。そんな方がどうして一介の貧乏浪人の俺を放免しろと北町奉行所に厳しく申入れをしたのかな」

麟太郎は、首を捻《ひね》った。

「云われてみれば、妙ですね」

亀吉は頷いた。

「でしょう……」

「じゃあ麟太郎さんは知らなくても、肥前守さまや正木さまは知っているのかもしれませんね」

亀吉は読んだ。

「えっ。向こうが俺を……」

麟太郎は、戸惑いを浮べた。

「ええ。何か心当り、ないんですか……」

「心当りねえ、俺の死んだ親父《おやじ》は生まれながらの浪人だし、お袋も浪人の子供だったと聞いている。ないんだなあ、心当り……」

麟太郎は、溜息《ためいき》を吐《つ》いた。

「そうですか……」

「よし。この話は此迄《ここまで》だ」

麟太郎は、己に言い聞かせて蕎麦を啜った。

「はい。で、どうします」

亀吉は、身を乗り出した。

「先ずは、殺された町医者の桂木清州、どんな人だったかです」

「麟太郎さんが大番屋にいる間に、辰五郎の親分とちょいと訊《き》き廻ったんですがね。評判は良くありませんよ」

「評判は良くない……」

「ええ。見立代《みたて》が高く、金のない患者は死に掛けていても診察しないとか、仮に診察をしても金がなかったら、蒲団《ふとん》や家財道具、女房娘を売り飛ばしてでも金を毟《むし》り取る。因業《いんごう》な高利貸も顔負けの町医者だと専らの噂ですよ」

「へえ。じゃあ、いろいろ憎まれ、恨みを買っていますね」

麟太郎は読んだ。

「きっと……」

亀吉は頷いた。

「でしたら、桂木清州を恨んでいる者の洗い出しから始めますか……」

麟太郎は蕎麦を食べ終わり、蕎麦屋の小女《こおんな》に蕎麦湯を頼んだ。

二

町医者の桂木清州の家は、浅草蔵前《あさくさくらまえ》通りの御蔵前片町《かたまち》にあった。

板塀《いたべい》を廻した清州の家の木戸門には、『本道医・清心堂』の看板が掲げられていた。

麟太郎と亀吉は、『本道医・清心堂』の看板の掲げられた清州の家を窺った。

『本道医・清心堂』では、清州の弔《とむら》いが行なわれていた。

亀吉は『本道医・清心堂』の裏に廻り、弔いの手伝いに来ている中年女に小粒を握らせた。

中年女は小粒を握り締め、清州の妻が弔いに来た親類の者たちと清州の遺した金を巡って揉《も》めていると笑った。

麟太郎と亀吉は苦笑した。

「麟太郎さん……」

亀吉は、鳥越川《とりごえ》に架かっている鳥越橋を示した。

若い男が、疲れた足取りで鳥越橋を渡って来た。

「誰ですか……」

麟太郎は眉をひそめた。

「小宮慶次郎《こみやけいじろう》って奴でしてね。桂木清州の弟子、清心堂の医生です」

「じゃあ、桂木清州に泣かされ、恨んでいる患者を知っていますか……」

「きっと……」

亀吉と麟太郎は、疲れた足取りでやって来た医生の小宮慶次郎に近寄った。

「清心堂の小宮慶次郎さんですね」

「えっ、ええ……」

小宮は、警戒するように頷いた。

「私は青山麟太郎、ちょいと聞きたい事があるんだがね」

麟太郎は笑い掛けた。

亀吉は、懐の十手を見せた。

「冗談じゃありませんよ。知っている事は何もかも、大番屋で桑原さまって同心の旦那に話して来た処ですよ」

医生の小宮は、うんざりした顔をした。

「小宮さん、そこを何とか。酒でも飲みながらどうです」

麟太郎は誘った。

「そうそう、清心堂に帰っても奥さまと親類の連中が揉めているそうですぜ」

亀吉は苦笑した。

小宮は、眉をひそめて吐息を洩《も》らした。

「どうだ、御馳走するぞ」

麟太郎は微笑んだ。

蔵前通りには、仕事仕舞いをした職人や行商人たちが行き交い始めた。

夕暮れ時だ。


南町奉行所の用部屋の障子は、夕陽に赤く染まっていた。

「そうか、御苦労だったな。して、麟太郎どのはどうした」

正木平九郎は、梶原八兵衛に尋ねた。

「はい。北町の桑原より先に桂木清州を殺《や》った者を捕まえて鼻を明かしてやると……」

「大丈夫か……」

「はい。亀吉と云う下っ引を付けてあります」

「そうか。桑原の鼻を明かすか……」

麟太郎らしい……。

平九郎は苦笑した。

「処《とこ》で正木さま……」

「何だ……」

「麟太郎どのは、お奉行とどのような拘りがあるのですか……」

「うむ。梶原、此処《ここ》だけの話だが、麟太郎どのはお奉行が若い頃に親しかった娘の孫だそうだ」

「ならば正木さま……」

梶原は眉をひそめた。

「梶原、それ以上は、云わぬが花だ……」

平九郎は苦笑した。


居酒屋は賑わっていた。

麟太郎と亀吉は、医生の小宮慶次郎に酒を飲ませながら桂木清州を恨んでいる者がいないか尋ねた。

小宮は美味《うま》そうに酒を飲み、桑原にしつこく訊かれた事と同じだとぼやき、清州を恨んでいると思われる者の名をあげた。

恨んでいる者の名は十人程あげられた。

「麟太郎さん……」

亀吉は眉をひそめた。

「ええ。十人もいるとは……」

「十人も洗うとなると大変ですぜ」

「ええ。じゃあ小宮さん、桂木清州さんは両国広小路で何をしていたのかな……」

麟太郎は、視点を変えた。

「さあ。清州先生、何も云わずに出掛けたので、良く分かりません……」

小宮は酒を飲んだ。

「分からないか……」

亀吉は、小宮に酌《しゃく》をした。

「ええ。でも、ひょっとしたら女と逢っていたかも……」

「女……」

麟太郎は眉をひそめた。

「ええ……」

「清州さん、女がいたのか……」

「ええ。清州先生、此処の処、おしまって女と親しくなりましてね。こっそり逢引きをしていたのかもしれませんよ」

小宮は苦笑した。

「おしま……」

「ええ……」

「どんな女ですか……」

麟太郎は、小宮に酌をした。

「三十ぐらいで細面の、粋な縞柄の着物の女ですよ」

「粋な形の年増ですか……」

麟太郎は、思わず聞き返した。

「ええ……」

小宮は頷いた。

殺された町医者の桂木清州は、おしまと云う名の粋な形をした年増と逢引きをしていたのかもしれない。

「麟太郎さん……」

「ええ……」

麟太郎は、両国広小路で桂木清州の許に急いだ時、擦れ違った人々の中に粋な形をした年増がいたのを思い出した。

粋な形をした年増はいた……。

殺された桂木清州は、粋な形をした年増と一緒だったのだ。

麟太郎は睨んだ。

その時、麟太郎は粋な形をした年増が、七日続けて閻魔堂にお詣りしていた女だと思った。もし、そうなら閻魔堂にお詣りをしていた粋な形をした年増は、町医者桂木清州と拘りのあるおしまと云う事になる。

麟太郎は読んだ。

「亀さん……」

麟太郎は、閻魔堂にお詣りしていた粋な形をした年増の事を亀吉に告げた。

「へえ、そうなんですか……」

亀吉は、思わぬ成行きに驚いた。

「ええ……」

麟太郎は頷いた。

医生の小宮慶次郎は酒を飲み続け、居酒屋の賑わいは続いた。

閻魔堂は朝靄《あさもや》に包まれていた。

麟太郎と亀吉は、閻魔堂の隣の閻魔長屋の木戸の陰に潜み、閻魔堂に粋な形をした年増がお詣りに来るのを待った。

時が過ぎ、朝靄も消えた。

閻魔長屋のおかみさんたちは、朝飯の仕度を始めた。そして、亭主たちが仕事に出掛け、見送ったおかみさんたちが井戸端で洗濯をし、子供たちが賑やかに遊び廻った。

粋な形をした年増は、未だ閻魔堂にお詣りに来なかった。

「現れないな……」

麟太郎は焦《じ》れた。

「お詣りに来る粋な形をした年増がおしまだったら、昨日《きのう》の今日《きょう》です、いつもとは違うのかもしれませんよ」

亀吉は、焦れる麟太郎をそれとなく宥《なだ》めた。

「ええ……」

麟太郎は頷いた。

おかみさんたちは洗濯を終えて家に戻り、閻魔長屋には静けさが漂った。

粋な形をした年増は、閻魔堂にお詣りに来なかった。

今日は来ない……。

鱗太郎は見定めた。

「今日はお詣りに来ないようですね」

亀吉も同様に睨んだ。

「毎朝お詣りに来るのは、七日で終わりなのかもしれません」

「七日も続けて来ていたんですか……」

亀吉は驚いた。

「ええ。長屋のおかみさんたちが云っていましたよ」

「まるで願掛けですね」

亀吉は首を捻った。

「亀さん、閻魔堂の中をちょいと覗《のぞ》いてみませんか……」

鱗太郎は、閻魔堂に向かった。

亀吉は続いた。

閻魔堂の扉は軋《きし》みを鳴らした。

四畳半程の狭い堂内は薄暗く、正面に古い閻魔大王がかっと眼を剝き、笏《しゃく》を手にして鎮座していた。

麟太郎は、閻魔大王に手を合わせて一礼し、堂内を見廻した。

閻魔大王の前に、二つ折りにされた紙が置かれていた。

麟太郎は、二つ折りにされた紙を手に取って開いた。

二つ折りにされた紙には、女文字で人の名前が二つ書かれていた。

麟太郎は、怪訝《けげん》な面持ちで書かれている名前を読み、緊張を浮べた。

「亀さん……」

「どうしました……」

「こいつを見て下さい」

麟太郎は、名前の書かれた紙を亀吉に見せた。

亀吉は、紙に書かれている名前を読んだ。

「桂木清州……」

亀吉は眉をひそめた。

「ええ……」

麟太郎は頷いた。

紙には、『町医者・桂木清州』と書かれていたのだ。

「もう一人の名前は……」

亀吉は紙を見た。

紙には、桂木清州の名の他に『旗本・北村源之丞《きたむらげんのじょう》』と書き記されていた。

「旗本北村源之丞ですか……」

麟太郎は、桂木清州の名の隣に書かれている名を読んだ。

「ええ。麟太郎さん、この紙、ひょっとしたら粋な形をした年増のおしまが書いて、閻魔大王に願掛けしたんじゃありませんかね」

亀吉は読んだ。

「でしたら亀さん、何の願掛けですかね」

麟太郎は、厳しさを過《よ》ぎらせた。

「そいつは、殺したいと……」

亀吉は、おしまが町医者の桂木清州を殺したくて願を掛けたと睨んだ。

「で、桂木清州を殺しましたか……」

「違いますかね……」

「じゃあ、次は旗本の北村源之丞を殺すつもりですか……」

麟太郎は、紙に書かれている『旗本・北村源之丞』の名を読んだ。

「きっと……」

亀吉は頷いた。

「じゃあ、おしまは今頃、旗本の北村源之丞を殺そうとしているのかもしれませんね」

麟太郎は読んだ。

「ええ……」

「ですが、旗本の北村源之丞、何処に住んでいるのかも……」

麟太郎は眉をひそめた。

「分かりました。そいつは梶原の旦那に急いで調べて貰います」

「お願い出来ますか……」

「勿論です。じゃあ……」

亀吉は、閻魔堂から飛び出して行った。

麟太郎は、桂木清州と北村源之丞の名の書かれた紙を懐に入れ、閻魔大王に手を合わせて出て行った。

古い閻魔大王は眼を剝き、笏を手にして薄暗い堂内に鎮座し続けていた。

粋な形をした年増はおしまと云い、町医者の桂木清州を殺した……。

だが、未だ殺した理由は分からず、殺したと云う確かな証拠もない。しかし、次は北村源之丞と云う名の旗本が殺されるのかもしれない。

桂木清州と北村源之丞は、どのような拘りがあるのだ。そして、桂木清州に続いて北村源之丞が命を狙われる理由は何なのだ。

麟太郎は、思いを巡らせた。だが、答えが浮かぶ筈はない。

とにかく捜《さが》すしかない……。

おしまと云う粋な形をした年増を捜し出すしかないのだ。

毎朝、元浜町の閻魔堂に来る処からすると、此の近くの何処かに暮らしている筈なのだ。

遠くはない……。

麟太郎は、閻魔長屋の家を出た。

麟太郎は、家を出て腰高障子を閉めた。

「あら、麟太郎さん……」

おとらが、井戸端で鍋や釜を洗いながら麟太郎に笑い掛けた。

「やあ、おとらさん……」

「何だか、朝から忙しそうだね」

「まあね。そうだ、おとらさん、閻魔堂に七日続けてお詣りに来た粋な形の年増、何処かで見掛けなかったかな……」

「ああ、あの粋な形の年増かい……」

「うん。見掛けなかったよね」

麟太郎は、見掛けなかっただろうと念を押した。

「見掛けたよ……」

おとらは、鍋の底を洗いながら告げた。

「そうか……」

麟太郎は、何気なく云ってから驚いた。

「見掛けた……」

「ええ……」

「い、いつ、何処で……」

麟太郎は、慌てて尋ねた。

「昨日の夕方、栄橋《さかえばし》を渡って富沢町《とみざわちょう》の方に行くのを見掛けたよ」

「栄橋……」

栄橋は浜町堀に架かっている橋であり、千鳥橋《ちどりばし》の次にある。

「そうか。栄橋を渡って富沢町の方に行ったんだね」

麟太郎は念を押した。

「ええ……」

おとらは、鍋の底を洗いながら頷いた。

「礼を云うよ。おとらさん……」

麟太郎は、木戸から駆け出して行った。

南町奉行所の同心詰所は、定町廻り同心たちが見廻りに出ていて閑散としていた。

亀吉が訪れた時、梶原八兵衛は閑散とした同心詰所にいた。

「おう。どうした……」

「はい。梶原の旦那、北村源之丞って旗本を御存知ですか……」

亀吉は、息を乱して訊いた。

「北村源之丞……」

梶原は眉をひそめた。

「はい……」

「知らないが、その北村源之丞って旗本、どうかしたのか……」

「はい。ひょっとしたら、町医者の桂木清州の次に殺されるかもしれないのです」

「何だと。亀吉、仔細《しさい》を話してみな……」

「はい……」

亀吉は、桂木清州が殺された時、粋な形をした年増と一緒だったかもしれない事。

そして、その粋な形をした年増が閻魔堂に残したと思われる願掛けの紙に、桂木清州と共に旗本の北村源之丞の名前が書かれていた事を話した。

「それで、旗本の北村源之丞か……」

「はい……」

「よし。急いで調べる。此処で待っていろ」

梶原は、亀吉を同心詰所に残して奥に入って行った。

「はい……」

亀吉は、大囲炉裏《いろり》の傍《そば》の縁台に腰掛けた。

「亀吉っつあん、お茶だよ」

小者《こもの》の父《と》っつあんが、茶を淹《い》れてくれた。

「こいつは、ありがてえ……」

亀吉は、茶を啜った。

浜町堀を流れる枯葉は少なくなった。

麟太郎は、栄橋の上に佇んで富沢町を眺めた。

富沢町から元浜町の閻魔堂迄《まで》は二、三丁（約二、三百メートル）あるが遠くはない。

毎朝通える距離だ……。

麟太郎は、おしまと云う名の粋な形をした年増が富沢町にいると睨んだ。

とにかく、先ずは歩いてみるか……。

麟太郎は、富沢町の表通りから裏通り、そして路地を歩き廻って粋な形をした年増を捜す事にした。

三

「待たせたな、亀吉……」

梶原八兵衛が同心詰所に戻って来た。

「いいえ。分かりましたか……」

「ああ。旗本御家人の武鑑を調べてな。北村源之丞、二百石取りで小普請組《こぶしん》だ」

梶原は教えた。

「で、お屋敷は何処ですか……」

「牛込《うしごめ》は筑土《つくど》明神八幡宮の傍だ」

「分かりました。じゃあ……」

亀吉は、同心詰所を出て行こうとした。

「亀吉、俺は連雀町《れんじゃくちょう》に寄って北村源之丞の屋敷に行く。お前は麟太郎さんに報せろ」

「承知しました。じゃあ……」

亀吉は、同心詰所から出て行った。

「町医者の次は、旗本の北村源之丞か……」

梶原は眉をひそめた。


麟太郎は、粋な形をした年増を捜して富沢町を歩き廻った。だが、粋な形をした年増を見掛ける事はなかった。

富沢町の裏通りに小さな煙草屋《たばこ》があり、前掛をした老婆が店先の掃除をしていた。

「婆さん、国分《こくぶ》を一袋貰おうか……」

麟太郎は、小さな煙草屋の店先に置かれた縁台に腰掛け、煙草入れを出した。

「はい。いらっしゃい……」

老婆は、小さな煙草屋の店内に戻って刻み煙草の国分を一袋差し出した。

「火を借りるよ」

「ええ、どうぞ……」

麟太郎は、煙草盆を引き寄せて煙草を吸い、吐息混じりの煙を吐いた。

「出涸《でがら》しだけど、飲むかい……」

老婆は、麟太郎に茶を出してくれた。

「こいつはありがたい。戴《いただ》きます」

麟太郎は茶を飲んだ。

「そうだ。婆さん、此の辺に粋な形をした年増は住んでいないかな」

麟太郎は、老婆に尋ねた。

「粋な形をした年増……」

老婆は苦笑した。

「ああ。此の辺に住んでいる筈なんだけどな」

「名前、何て云うんだい。粋な形をした年増」

「おしまって云うんだがね」

麟太郎は、医生の小宮慶次郎に聞いた名前を告げた。

「おしまさん……」

老婆は眉をひそめた。

「うん。知っているかな」

「ええ。おしまさんなら知っているよ」

「知っている。本当か……」

麟太郎は意気込んだ。

「ああ。でも、私の知っているおしまさんは、年増でも粋な形はしちゃあいないよ」

老婆は、首を捻った。

「そうか。名前はおしまでも、粋な形をしちゃあいない年増か……」

麟太郎は落胆した。

おしまなんて名前の女は幾らでもいる。

「ああ、いろいろ苦労して来た人でねえ、生まれてこの方、粋な形なんかした事ないだろうねえ」

老婆は、自分の知っているおしまを深く哀れんだ。

「へえ、そんなに苦労して来た人なのか……」

麟太郎は、煙草を燻《くゆ》らせた。

「ああ。気の毒な人でね。亭主や子供を……」

老婆は、おしまの苦労話を始めようとした。

「麟太郎さん……」

亀吉が駆け寄って来た。

「やあ、亀さん、分かりましたか……」

麟太郎は、煙草の火を消して立ち上がった。

「ええ。北村源之丞、牛込の筑土明神八幡宮の傍に屋敷があるそうです」

「そうですか。行ってみましょう」

「はい……」

「婆さん、造作《ぞうさ》を掛けたな。じゃあ……」

麟太郎は、老婆に礼を云って亀吉と煙草屋を離れた。

「それにしても、此処にいると良く分かりましたね」

「ええ。長屋のおとらさんが、きっと富沢町だろうと云いましてね」

「良い勘しているな、おとらさん……」

麟太郎は、感心しながら亀吉と牛込に急いだ。

外濠《そとぼり》に架かっている牛込御門外の神楽坂《かぐらざか》をあがり、善国寺《ぜんこくじ》の手前の辻を東に曲がって進むと筑土明神八幡宮に出る。

旗本北村源之丞の屋敷は、筑土明神八幡宮の横手の旗本屋敷街にあった。

「此処だな……」

梶原八兵衛は、表門の閉められた北村屋敷を眺めた。

「ええ。間違いないでしょう」

連雀町の辰五郎は頷いた。

北村屋敷は出入りする者もなく、静寂に覆われていた。

「じゃあ旦那、あっしは北村源之丞さまがどんな方か、ちょいと聞き込んで来ますよ」

「頼む。俺は屋敷の様子を窺っているよ」

「分かりました。じゃあ……」

辰五郎は、足早に立ち去った。

おそらく、北村屋敷に出入りしている米屋、酒屋、油屋などを探し、聞き込むつもりなのだ。

梶原は辰五郎を見送り、物陰から北村屋敷を見張った。

陽は西に傾き始めた。

「北村源之丞さまのお屋敷ですか……」

米屋の手代は、僅かに眉をひそめた。

「ああ。どんなお屋敷かな……」

辰五郎は尋ねた。

「親分さん……」

手代は、微かな怯《おび》えを過ぎらせた。

「此処だけの話だ。お前さんに決して迷惑は掛けない。約束するよ」

辰五郎は微笑んだ。

「そうですか……」

手代は、吐息《といき》混じりに頷いた。

「で……」

辰五郎は促した。

「はい。北村さまのお屋敷は、旦那さまが何かと厳しく、奥さまと奉公人の方々は皆、静かにお暮らしですよ」

「へえ、北村源之丞さま、そんなに厳しいのかい……」

「ええ。それに悪い噂もあって、余り評判は良くありませんよ」

「悪い噂……」

「ええ。手前が聞いた話じゃあ、鍛金師に銀の香炉《こうろ》を作らせ、傷が付いているとか、注文通りじゃないとか、難癖《なんくせ》を付けては代金を払わず、踏み倒したそうですよ」

鍛金師とは、銀の地金を叩いて様々な形に絞り、香炉、徳利《とっくり》、盃《さかずき》、薬罐《やかん》などを作る職人を称した。

「酷《ひど》い話だな……」

辰五郎は眉をひそめた。

「ええ……」

手代は頷いた、
北村源之丞は、悪い噂のある旗本だった。

辰五郎は、北村屋敷に出入りしているお店《たな》を訪ね、聞き込みを続けた。

陽は大きく傾き、筑土明神八幡宮の屋根に掛かり始めた。

梶原は、北村屋敷を見張り続けた。

北村屋敷は、奉公人の下男が時々出入りするぐらいだった。

麟太郎と亀吉がやって来た。

梶原は、物陰を出て麟太郎と亀吉を迎えた。

「梶原さん……」

「旦那……」

「北村屋敷はあそこだ」

梶原は、北村屋敷を示した。

「はい……」

「北村家は主《あるじ》の源之丞と妻、下男と下女の奉公人の四人が暮らしている」

梶原は報せた。

「子供はいないのですか……」

「ああ、いないそうだ……」

梶原は頷いた。

「旦那、麟太郎さん……」

辰五郎が戻って来た。

「おう。何か分かったか……」

梶原は迎えた。

「ええ。いろいろと……」

辰五郎は苦笑した。

「悪い噂があったようだな……」

梶原は読んだ。

「ええ……」

辰五郎は、北村源之丞が鍛金師などを泣かせた話を始め、聞き込んで来た事を告げた。

「酷い野郎だな」

梶原は眉をひそめた。

「ええ。恨みも買っているんでしょうね」

辰五郎は頷いた。

「分かりました。後は私が見張ります。梶原さんと親分たちは引き取って下さい」

麟太郎は告げた。

事は北町奉行所の定町廻り同心の桑原秀一郎の扱いであり、南町奉行所の梶原八兵衛が表立って動くのは面倒の元だ。

麟太郎は気を遣《つか》った。

「ならば、そうさせて貰おうか……」

梶原は笑った。

「亀吉、お前は此のままお手伝いをな……」

辰五郎は命じた。

「はい」

亀吉は頷いた。

梶原八兵衛と辰五郎は、麟太郎と亀吉を残して帰って行った。

麟太郎と亀吉は、北村屋敷を見張った。

「死に掛けていても金がなければ診察しない町医者と、作らせた銀の香炉に難癖を付けて代金を踏み倒す旗本か……」

麟太郎は、粋な形をした年増が閻魔堂に残した願掛けの紙に書かれていた桂木清州と北村源之丞の正体を知った。

「二人とも恨まれても仕方がない奴ですね」

亀吉は吐き棄てた。

「ええ……」

麟太郎は頷いた。

粋な形をした年増は、桂木清州と北村源之丞に酷い目に遭わされ、恨みを晴らそうとしている。

麟太郎は読んだ。

夕暮れ時が訪れた。

北村屋敷の潜り戸が開いた。

麟太郎と亀吉は、物陰に隠れた。

中年の武士が、下男に見送られて出て来た。

「麟太郎さん……」

「ええ。きっと主の北村源之丞です」

麟太郎は睨んだ。

北村源之丞は、屋敷を出て新小川町《しんおがわまち》に向かった。

麟太郎と亀吉は追った。

北村源之丞は、夕暮れの旗本屋敷街を江戸川に進んだ。

不忍池《しのばずのいけ》に蒼い月影が揺れていた。

北村源之丞は、不忍池の畔《ほとり》を進んで辻行燈《つじあんどん》の灯《とも》された小道に曲がった。

追って来た麟太郎と亀吉は、辻行燈の陰から小道を覗いた。

植込みの間の小道の先には、料理屋『江戸春』があった。

北村源之丞は、料理屋『江戸春』の暖簾を潜った。

麟太郎と亀吉は見届けた。

「何しに来たんでしょうね」

「誰かと待ち合わせですかね」

「きっと……」

麟太郎と亀吉は、続いて来る者を待った。だが、続いて来る者はなく、四半刻《しはんとき》（約三十分）が過ぎた。

「相手、先に来ていたのかもしれませんね」

「ええ……」

「ちょいと、誰かに訊いて来ますか……」

「大丈夫ですか……」

「やってみますよ」

亀吉は、笑みを浮べて料理屋『江戸春』の裏手に廻って行った。

麟太郎は、料理屋『江戸春』の表を見張った。


料理屋『江戸春』の裏は台所に続いており、井戸端では下働きの女中たちが食器や野菜などを洗っていた。

亀吉は、台所の外で中年の女中に小粒を握らせ、旗本の北村源之丞が誰と逢っているか尋ねた。

「さあ、私は分からないけど、ちょいと待ってて、部屋掛かりの仲居さんに訊いて来るから……」

中年の女中は、小粒を握り締めて台所に戻って行った。

亀吉は、台所の外の暗がりで待った。

前掛をした女中が、風呂敷包みを抱えて台所脇の木戸から出て来た。

亀吉は、暗がりで見守った。

前掛をした女中は、裏手から表に続く路地を出て行った。

亀吉は見送った。

前掛をした女中が風呂敷包みを抱え、裏手から現れて辻行燈の前を足早に通り過ぎて行った。

早上がりの通いの女中か……。

麟太郎は、風呂敷包みを抱えて行く女中を見送った。

女中は、不忍池の畔を足早に立ち去って行った。

「麟太郎さん……」

亀吉が、路地から足早に出て来た。

「分かりましたか……」

「はい。北村源之丞が逢っている相手は、粋な形をした年増だそうです」

亀吉は、戻って来た中年の女中から聞いた話を告げた。

「やっぱり……」

麟太郎は緊張した。

「北村源之丞と粋な形をした年増、何をしているんでしょうね」

亀吉は眉をひそめた。

「ええ……」

もし、粋な形をした年増が、北村源之丞を恨んでいるなら何かが起こる筈だ。

麟太郎は、厳しい面持ちで料理屋『江戸春』を見据えた。

「どうします」

亀吉は焦れた。

「隣の座敷にあがれれば良いんですがね……」

麟太郎は、料理屋の暖簾を潜る程の金を持ってはいなかった。

「あっしの懐具合じゃあ無理です」

「俺もですよ」

麟太郎と亀吉は、悔しげに顔を見合わせた。

女の甲高い悲鳴が、料理屋『江戸春』から響き渡った。

「亀吉さん……」

麟太郎は、料理屋『江戸春』に猛然と走った。

亀吉が懐から十手を出し、麟太郎に続いた。

四

料理屋『江戸春』の店の中では、女中や板前たち奉公人が廊下の奥を窺っていた。

「どうした……」

亀吉は、麟太郎と共に土間から廊下に上がって十手を見せた。

「へ、へい。座敷の方で……」

板前が、廊下に連なる座敷を示した。

廊下に連なる座敷からは、客や仲居が恐ろしそうに囁き合いながら奥を見ていた。

麟太郎と亀吉は、廊下の奥に進んで角を曲がった。

廊下を曲がった処の座敷の前には、仲居と女将《おかみ》が腰を抜かして踠《もが》いていた。

麟太郎と亀吉は、仲居と女将に駆け寄った。

「どうしました……」

亀吉は、女将に十手を見せた。

「ざ、座敷に……」

女将は、激しく声を震わせた。

「麟太郎さん……」

「ええ……」

麟太郎と亀吉は、警戒しながら座敷に踏み込んだ。

座敷には二人分の膳と料理などが転がり、北村源之丞が胸から血を流して倒れていた。

麟太郎は息を呑《の》んだ。

「北村源之丞ですね……」

亀吉は囁いた。

「ええ……」

麟太郎は、倒れている北村源之丞に近付き、その死を見定めた。

北村源之丞は、胸を突き刺されて息絶えていた。

町医者の桂木清州に続き、旗本の北村源之丞が殺された。

閻魔堂に残された紙……。

麟太郎は思い出した。

亀吉は、座敷に他の者がいないのを見定め、障子を開けて縁側に出た。

縁側の先には、火の灯された石灯籠《いしどうろう》のある庭があり、奥に木戸が見えた。

「女将さん……」

麟太郎は、女将を呼んだ。

女将は、座敷から眼を背《そむ》け、恐る恐る戸口に這《は》い寄って座り込んだ。

「死んでいる侍、旗本の北村源之丞だね」

麟太郎は、女将の前にしゃがみ込んだ。

「はい。左様にございます」

女将は、掠《かす》れ声を震わせて頷いた。

「して北村は、誰と逢っていたのだ」

「お、女の方です……」

「女、どんな女です」

「藤色の縞柄小袖《こそで》を着た三十前後の……」

女将は告げた。

粋な形をした年増……。

麟太郎は、北村源之丞が粋な形をした年増と逢っていたのを知った。

「で、その粋な形をした年増は……」

麟太郎は、料理屋『江戸春』に駆け込んでから粋な形をした年増を見掛けてはいない。

「いつの間に帰ったのか、私が来た時にはいませんでした」

女将は眉をひそめた。

「いなかった……」

麟太郎は、戸惑いを浮べた。

北村源之丞が料理屋『江戸春』を訪れた後、帰って行った女客はいない。

「ええ。ねえ……」

女将は、仲居に同意を求めた。

「はい……」

仲居は、廊下で腰を抜かしたまま頷いた。

「亀さん、北村が来てから帰った女客はいませんよ」

麟太郎は眉をひそめた。

「ええ。女将さん、今夜、早上がりをした通いの女中はいますか……」

亀吉は、台所脇の木戸から風呂敷包みを抱えて出て行った女中を思い出した。

「いいえ。今夜、早上がりをした女中はおりませんが……」

「麟太郎さん……」

「風呂敷包みを抱えた女中ですか……」

麟太郎は気が付いた。

粋な形をした年増は北村源之丞を殺し、着物を着替えて逃げた。

足早に立ち去って行った女中が、北村と逢っていた粋な形をした年増なのだ。

麟太郎は睨んだ。

「ええ。とにかく南町奉行所と連雀町の親分に使いを走らせます」

亀吉は、座敷から出て行った。

「はい。それで、北村と粋な形をした年増はどんな風でしたか……」

「は、はい。随分と親しげにお酒をお飲みになっておりましたけど……」

仲居は告げた。

「そうですか……」

粋な形をした年増は、北村源之丞より先に料理屋『江戸春』に来ており、親しげに酒を飲んで油断させて刺し殺した。

麟太郎は読んだ。

粋な形をした年増と、前掛をした女中に扮《ふん》した女。

どちらが女の本当の姿なのだ……。

麟太郎は、厳しい面持ちで想いを巡らせた。

何《いず》れにしろ、粋な形をした年増は、町医者桂木清州に続いて旗本の北村源之丞を殺したのだ。

閻魔堂に残された紙に書かれた通りに……。

旗本北村源之丞殺しは、旗本御家人を監視、支配する目付《めつけ》の扱いとなった。

麟太郎は、亀吉と秘《ひそ》かに旗本の北村源之丞の悪辣《あくらつ》な所業を調べた。

北村源之丞の悪辣な所業は様々あり、麟太郎が最も気になったのは銀の香炉に拘る一件だった。

粋な形をした年増は、銀の香炉の一件に拘る者なのかもしれない。

麟太郎は、他の悪辣な所業の調べを亀吉に頼み、銀の香炉を作った鍛金師を捜した。

鍛金師の文七《ぶんしち》……。

北村源之丞の注文で銀の香炉を作った鍛金師は、浜町堀は富沢町に住んでいる文七だった。

浜町堀は富沢町……。

富沢町は麟太郎の住む元浜町の近くであり、閻魔長屋のおとらさんが粋な形をした年増を見掛けた町だ。

麟太郎は、浜町堀は富沢町に急いだ。

浜町堀の緩やかな流れには、色鮮やかな紅葉《もみじ》が一枚浮かんでいた。

麟太郎は、浜町堀に架かっている栄橋に佇んで富沢町を眺めた。

富沢町は、粋な形をした年増を捜して歩き廻った。

よし……。

麟太郎は、その時に一息入れた小さな煙草屋に向かった。


小さな煙草屋に客もいなく、婆さんは店番をしながら居眠りをしていた。

「やあ、婆さん……」

麟太郎は声を掛けた。

婆さんは、驚いたように眼を覚まし、涎《よだれ》を拭《ぬぐ》いながら麟太郎を見た。

「何だ、お侍さんかい……」

婆さんは、麟太郎を覚えていた。

「うん……」

「それで、粋な形をした年増のおしま、見付かったのかい……」

「未《ま》だだが、今日はおしまじゃあなく、文七って鍛金師を捜しているんだが……」

「文七って鍛金師……」

婆さんは眉をひそめた。

「うん。知らないかな……」

「お侍、鍛金師の文七さんなら粋な形をしていない年増のおしまさんの亭主だよ」

「おしまさんの亭主……」

「ああ。でも、丁度《ちょうど》一年前に死んじまったよ」

「一年前に死んだ……」

麟太郎は眉をひそめた。

「ええ。良太《りょうた》って小さな子供が心《しん》の臓《ぞう》の病《やまい》になってね。薬代が欲しさに旗本の仕事を引受けたんだけど、その旗本が酷い悪党で、文七さん、騙《だま》されてねえ。それで、借金を作っちまって……」

おしまの亭主の文七は、旗本北村源之丞に騙され、代金を踏み倒された鍛金師に間違いなかった。

「文七さん、借金を作ってどうした……」

「気の毒に追い詰められたんだろうね。大店《おおだな》で金を盗もうとして、用心棒の浪人に斬られちまってねえ……」

婆さんは、鼻水を啜って文七を哀れんだ。

「それで文七、死んだのか……」

「ああ。それで心の臓の病だった子供の良太も亡くなって……」

町医者桂木清州が殺されたのは、子供の良太の死に拘りがあるのだ。

麟太郎は読んだ。

「辛くて哀しいのはおしまさんだよ……」

婆さんは、溢《あふ》れる涙を拭って鼻水を啜った。

「まったくだな……」

麟太郎は、おしまは勿論、亭主の文七や子供の良太を哀れまずにはいられなかった。

「あっ……」

婆さんは、裏通りを見て微かに声をあげた。

麟太郎は、婆さんの視線を追った。

地味な身形《みなり》の年増が、風呂敷包みを抱えて俯《うつむ》き加減にやって来た。

「おしまさんか……」

麟太郎は、地味な身形をした年増を見詰めた。

昨夜、料理屋『江戸春』から出て行った女中に間違いなかった。

「ああ……」

婆さんは頷いた。

おしまは婆さんに笑顔で会釈をし、小さな煙草屋の前を通り過ぎて行った。

「婆さん、邪魔したな……」

麟太郎は、おしまを追った。

おしまは、浜町堀に架かっている栄橋を渡り、浜町河岸《がし》を南に進んだ。

何処《どこ》に行くのだ……。

麟太郎は追った。

おしまは、風呂敷包みを抱えて浜町河岸を進んだ。

高砂橋《たかさごばし》を過ぎてからの浜町河岸には、大名屋敷が甍《いらか》を連ねている。

高砂橋、小川橋《おがわばし》、組合橋《くみあいばし》……。

おしまは、幾つかの橋の袂《たもと》を進んだ。

行く手に大川の三《み》ツ俣《また》が見え、浜町堀には川口橋《かわぐちばし》が架かっていた。

おしまは、川口橋の上に佇んだ。

麟太郎は見守った。

おしまは、大川を眩《まぶ》しげに眺めた。

大川は煌《きら》めき、様々な船が行き交っていた。

「おしまさん……」

麟太郎は呼び掛けた。

おしまは振り返り、麟太郎を見詰めて微笑んだ。

清絶な微笑みだった。

覚悟を決めている……。

麟太郎は、おしまの微笑みを読んだ。

「昨夜、亭主の文七さんを騙した旗本の北村源之丞を手に掛けましたね」

麟太郎は、静かに尋ねた。

「ええ……」

おしまは頷いた。

「そして、町医者の桂木清州は、心の臓の病に苦しむ子供の良太を診《み》てくれなかったから殺《あや》めたのですか……」

麟太郎は、己の読みを告げた。

「違います……」

おしまは、首を横に振った。

「違う……」

「はい……」

「じゃあ何故、桂木清州を……」

「亭主の文七が盗みを働いて用心棒の浪人に斬られた時、桂木清州は偶々《たまたま》その場にいました。ですが、斬られた文七の手当てをせずに見殺しにしたのです。お医者の癖に、斬られた文七の手当てをせず、苦しむ文七を見殺しにしたのです」

おしまは、溢《あふ》れる涙を拭いもせずに零《こぼ》した。

「それで、両国広小路で殺めましたか……」

「はい。この着物を着て料理屋に誘って……」

おしまは、風呂敷包みの中の粋な柄の着物を見せた。

「でも、料理屋では刺す事が出来ず、帰りの広小路の雑踏で漸く……」

おしまは涙を拭い、憑物《つきもの》でも落ちたかのような笑みを浮べた。

「そうでしたか……」

「はい。閻魔さまにお願いして……」

おしまは笑った。

「それで、どうします……」

麟太郎は、おしまが自訴するなら付き添うつもりだった。

「それはもう決まっています……」

おしまは微笑んだ。

麟太郎は、戸惑いを浮べた。

次の瞬間、おしまは風呂敷包みを抱えて川口橋から大川に身を躍《おど》らせた。

「おしまさん……」

麟太郎は驚いた。

おしまは、水飛沫《みずしぶき》を煌《きら》めかせた。

麟太郎は、大川を覗き込んだ。

水飛沫が鎮まり、粋な着物が広がっておしまが浮かんだ。

おしまは、大川に身を投げる為に浜町堀に架かっている川口橋に来たのだ。

麟太郎は気付いた。

「舟を頼む……」

麟太郎は、駆け寄って来る人々に叫び、おしまを追って大川に飛び込んだ。

水飛沫があがった。

麟太郎は、江戸湊《みなと》に流され始めたおしまに向かって泳ぎ、その身体を摑《つか》まえた。

おしまは、気を失っていた。

何隻かの舟が漕《こ》ぎ寄せて来る。

麟太郎は、おしまを仰向けにして泳ぎ、舟の来るのを待った。

着物は、その粋な柄を広げながら流れ去っていく。

もう、おしまには必要のないものだ……。

麟太郎は見送った。


南町奉行所の詮議所は白州《しらす》の傍にある。

麟太郎は、同心の梶原八兵衛と詮議所で内与力正木平九郎が来るのを待った。

僅かな刻が過ぎ、内与力の正木平九郎が現れた。

「根岸肥前守さまだ……」

正木が告げた。

麟太郎と梶原は平伏した。

根岸肥前守が着座した。

「その方が青山麟太郎か……」

「はい……」

麟太郎は、肥前守を見詰めた。

「うむ。ならば平九郎……」

肥前守は、平九郎を促した。

「はっ。青山麟太郎、その方が町医者桂木清州と旗本北村源之丞が殺害された件の真相を突き止めたは、そこなる梶原八兵衛の差し出した口書《くちがき》で確《しか》と読ませて貰った」

平九郎は、麟太郎に告げた。

「畏《おそ》れ入ります」

「して、おしまなる女が、亭主を騙した北村と見殺しにした桂木に恨みを晴らしたのに間違いはないのだな」

「はい。私から見れば仇討《あだうち》にございます」

麟太郎は頷いた。

「仇討だと申すか……」

肥前守は訊き返した。

「はい……」

「うむ。して、おしまなる女は如何致《いかが》した」

「桂木と北村を殺した罪を自ら償《つぐな》うと、大川に身投げをして行方《ゆくえ》知れずにございます」

麟太郎は、肥前守を見詰めた。

「行方知れず……」

肥前守は眉をひそめた。

「はい。おしまの着物は永代橋《えいたいばし》で見付かったのですが、死体は江戸湊迄《まで》捜したのですが今の処、未だ……」

梶原は告げた。

「そうか。ならば青山麟太郎、その方、桂木清州及び北村源之丞を手に掛けたおしまなる女、大川に身を投げて既に死んだとみているのだな」

肥前守は、麟太郎を見据えた。

「如何《いか》にも。左様にございます」

麟太郎は、肥前守を必死に見返した。
似ている……。
麟太郎は、弥生《やよい》とその娘の千春《ちはる》に何処となく似ているのだ。
肥前守は、腹の内で唸《うな》った。
死んだ母上に似ている……。
肥前守は、何故か死んだ母の千春に何となく似ている。
麟太郎は戸惑った。
平九郎と梶原は、息を詰めて見守った。
孫か……。
肥前守は微笑んだ。
「良く分かった。青山麟太郎、おしまなる女、生まれ変わって幸せになると良いな」
「は、はい……」
気付かれている……。
麟太郎は、微かな緊張を覚えた。
「よし、御苦労だった。引き取るが良い」
肥前守は、麟太郎に命じた。

「はい……」

麟太郎は、安堵《あんど》を浮べた。

「梶原……」

平九郎が梶原を促した。

「はい。では、麟太郎どの……」

麟太郎は、肥前守に深々と頭を下げ、梶原と一緒に詮議所から出て行った。

「お奉行……」

平九郎は見送り、肥前守に向き直った。

「平九郎、おしまなる女、罪を償う為に死んだとしても良いのだな」

「はい。そして、生まれ変わる。麟太郎どのの見事な始末かと……」

平九郎は微笑んだ。

「麟太郎か……」

肥前守は苦笑した。

隅田川《すみだがわ》は陽に輝き、吹き抜ける風は晩秋にしては暖かかった。

麟太郎は猪牙舟《ちょきぶね》に乗り、向島《むこうじま》の水神《すいじん》に向かっていた。

南町奉行根岸肥前守は、何故か亡くなっている母の千春に似た処があった。

目鼻の何処が似ていると云うより、眉をひそめたり、笑ったりした時の一瞬の表情が似ているのだった。

他人の空似か……。

麟太郎は苦笑した。

猪牙舟は水神の船着場に着いた。

麟太郎は、船頭に手間賃を渡して猪牙舟を下りた。


水神には、地本問屋『蔦屋』の別宅がある。

別宅の庭では、お蔦が洗濯物を干していた。

座敷の障子は開け放たれ、敷かれた蒲団におしまが座っていた。

「やあ……」

麟太郎は、土産《みやげ》の団子の包みを持って庭に入った。

「あら、麟太郎さん……」

「やあ、二代目、いろいろ造作を掛けるね。こいつは土産だ」

「いつもの事、慣れっこですよ」

お蔦は、笑顔で土産を受け取った。

おしまは、麟太郎に深々と頭を下げた。

「如何です、具合は……」

「お陰さまで……」

おしまは微笑んだ。

微笑みは淋しげだった。

「おしまさん、南町奉行所はおしまさんが亭主文七の仇《かたき》の桂木清州と北村源之丞を討ち果たし、大川に身投げして死んだと認めました」

「青山さま……」

おしまは、戸惑いを浮べた。

「それで、お奉行の根岸肥前守さまは、おしまが生まれ変わって幸せになると良いな、と仰《おつしや》いました」

麟太郎は微笑んだ。

「お奉行さまが……」

「ええ。だから、もう死ぬなどと思わず、文七や良太の分まで幸せになるのです」

麟太郎は云い聞かせた。

「良かったわね。おしまさん……」

お蔦は喜んだ。

「はい……」

おしまは泣いた。

声をあげ、人の情けに子供のように泣いた。

麟太郎は、眼を細めて隅田川を眺めた。

隅田川の流れは、眩しく煌めいた。

気付いている……。

南町奉行の根岸肥前守は、身投げしたおしまが生きているのに気付いているのだ。

そして、おしまが生きていると気付きながら見逃した。

何故だ……。

麟太郎は、肥前守の腹の内を読んだ。

俺の口書を読み、旗本北村源之丞の悪事と町医者桂木清州の冷酷さに怒り、文七おしま夫婦を哀れんだからなのか……。

もしそうなら、南町奉行根岸肥前守は中々洒落《しゃれ》た面白い親父だ。

麟太郎は、肥前守に親しみを覚えた。

「それで、絵草紙の方はどうなっているの、閻魔堂赤鬼先生……」

お蔦は、麟太郎に並んで煌めく隅田川の流れを眺めた。

「安心してくれ、二代目。絵草紙はもう直ぐ書き上がる。大江戸閻魔帳・世は情け涙の仇討……」

「世は情け涙の仇討……」

お蔦は呟《つぶや》いた。

「うん……」

麟太郎の鬢《びん》の解《ほつ》れ髪《げ》は、隅田川から吹く微風に揺れた。

本書は文庫書下ろし作品です。

|著者| 藤井邦夫　1946年北海道旭川市生まれ。テレビドラマ「特捜最前線」で脚本家デビュー。刑事ドラマ、時代劇を中心に、監督、脚本家として多数の作品を手がける。2002年に時代小説作家としてデビューし、以来多くの読者を魅了している。「新・秋山久蔵御用控」(文春文庫)、「新・知らぬが半兵衛手控帖」(双葉文庫)、「御刀番　左京之介」(光文社文庫)、「江戸の御庭番」(角川文庫)、「素浪人稼業」(祥伝社文庫)などの数々のシリーズがある。

大江戸閻魔帳《おおえどえんまちよう》
藤井邦夫《ふじいくにお》

講談社文庫
定価はカバーに
表示してあります

2019年1月16日第1刷発行

発行者——渡瀬昌彦
発行所——株式会社　講談社
東京都文京区音羽2-12-21　〒112-8001
電話　出版　(03) 5395-3510
　　　販売　(03) 5395-5817
　　　業務　(03) 5395-3615

Printed in Japan

デザイン—菊地信義
本文データ制作—講談社デジタル製作
印刷———中央精版印刷株式会社
製本———中央精版印刷株式会社

ISBN978-4-06-514345-2

講談社文庫刊行の辞

二十一世紀の到来を目睫に望みながら、われわれはいま、人類史上かつて例を見ない巨大な転換期をむかえようとしている。

世界も、日本も、激動の予兆に対する期待とおののきを内に蔵して、未知の時代に歩み入ろうとしている。このときにあたり、創業の人野間清治の「ナショナル・エデュケイター」への志を現代に甦らせようと意図して、われわれはここに古今の文芸作品はいうまでもなく、ひろく人文・社会・自然の諸科学から東西の名著を網羅する、新しい綜合文庫の発刊を決意した。

激動の転換期はまた断絶の時代である。われわれは戦後二十五年間の出版文化のありかたへの深い反省をこめて、この断絶の時代にあえて人間的な持続を求めようとする。いたずらに浮薄な商業主義のあだ花を追い求めることなく、長期にわたって良書に生命をあたえようとつとめるところにしか、今後の出版文化の真の繁栄はあり得ないと信じるからである。

同時にわれわれはこの綜合文庫の刊行を通じて、人文・社会・自然の諸科学が、結局人間の学にほかならないことを立証しようと願っている。かつて知識とは、「汝自身を知る」ことにつきていた。現代社会の瑣末な情報の氾濫のなかから、力強い知識の源泉を掘り起し、技術文明のただなかに、生きた人間の姿を復活させること。それこそわれわれの切なる希求である。

われわれは権威に盲従せず、俗流に媚びることなく、渾然一体となって日本の「草の根」をかたちづくる若く新しい世代の人々に、心をこめてこの新しい綜合文庫をおくり届けたい。それは知識の泉であるとともに感受性のふるさとであり、もっとも有機的に組織され、社会に開かれた万人のための大学をめざしている。大方の支援と協力を衷心より切望してやまない。

一九七一年七月

野間省一

講談社文庫　目録

講談社文庫 目録

東 芙美子 原作 雲田はるこ 脚本 羽原大介 小説 昭和元禄落語心中
赤神 諒 神遊の城
五木寛之 ソフィアの秋
五木寛之 狼のブルース
五木寛之 海峡物語
五木寛之 風花のひと
五木寛之 鳥の歌(上)(下)
五木寛之 燃える秋
五木寛之 真夜中の望遠鏡 〈流されゆく日々'78〉
五木寛之 ナホトカ青春航路 〈流されゆく日々'79〉
五木寛之 旅の幻燈
五木寛之 他力
五木寛之 こころの天気図
五木寛之 新装版 恋歌
五木寛之 百寺巡礼 第一巻 奈良
五木寛之 百寺巡礼 第二巻 北陸
五木寛之 百寺巡礼 第三巻 京都I
五木寛之 百寺巡礼 第四巻 滋賀・東海
五木寛之 百寺巡礼 第五巻 関東・信州

五木寛之 百寺巡礼 第六巻 関西
五木寛之 百寺巡礼 第七巻 東北
五木寛之 百寺巡礼 第八巻 山陰・山陽
五木寛之 百寺巡礼 第九巻 京都II
五木寛之 百寺巡礼 第十巻 四国・九州
五木寛之 海外版 百寺巡礼 インド1
五木寛之 海外版 百寺巡礼 インド2
五木寛之 海外版 百寺巡礼 朝鮮半島
五木寛之 海外版 百寺巡礼 中国
五木寛之 海外版 百寺巡礼 ブータン
五木寛之 海外版 百寺巡礼 日本・アメリカ
五木寛之 青春の門 第七部 挑戦篇
五木寛之 青春の門 第八部 風雲篇
五木寛之 親鸞 青春篇(上)(下)
五木寛之 親鸞 激動篇(上)(下)
五木寛之 親鸞 完結篇(上)(下)
井上ひさし モッキンポット師の後始末
井上ひさし ナイン
井上ひさし 四千万歩の男 全五冊

井上ひさし 四千万歩の男 忠敬の生き方
井上ひさし ふふふ
井上ひさし ふふふふ
井上ひさし 黄金《きん》の騎士団(上)(下)
井上ひさし 一分ノ一(上)(中)(下)
井上ひさし 司馬遼太郎 新装版 国家・宗教・日本人
池波正太郎 私の歳月
池波正太郎 よい匂いのする一夜
池波正太郎 梅安料理ごよみ
池波正太郎 新私の歳月
池波正太郎 おおげさがきらい
池波正太郎 わたくしの旅
池波正太郎 わが家の夕めし
池波正太郎 新しいもの古いもの
池波正太郎 作家の四季
池波正太郎 新装版 緑のオリンピア
池波正太郎 新装版 殺しの四人 〈仕掛人・藤枝梅安(一)〉
池波正太郎 新装版 梅安蟻地獄 〈仕掛人・藤枝梅安(二)〉
池波正太郎 新装版 梅安最合傘 〈仕掛人・藤枝梅安(三)〉

講談社文庫　目録

井川香四郎　飯盛り侍　城攻め猪
井川香四郎　飯盛り侍　すっぽん天下
井川香四郎　御三家が斬る！
井川香四郎　御三家が斬る！〈殺しの鬼棲む妻籠宿〉
伊坂幸太郎　チルドレン
伊坂幸太郎　魔王
伊坂幸太郎　モダンタイムス(上)(下)
伊坂幸太郎　PK
岩井三四二　逆ろうて候
岩井三四二　戦国連歌師
岩井三四二　銀閣建立
岩井三四二　竹千代を盗め
岩井三四二　村を助《たす》くは誰《た》ぞ
岩井三四二　一所懸命
岩井三四二　鬼《き》弾《だん》〈鹿王丸、翔ぶ〉
絲山秋子　逃亡くそたわけ
絲山秋子　袋小路の男
絲山秋子　絲的メイソウ
絲山秋子　絲的炊事記〈豚キムチにジンクスはあるのか〉
絲山秋子　ラジ&ピース
絲山秋子　絲的サバイバル
絲山秋子　北緯14度〈セネガルでの2ヵ月〉
石黒　耀　死都日本
石黒　耀　震災列島
石黒　耀　富士覚醒
石黒　耀　忠臣蔵異聞〈家老 大野九郎兵衛の長い仇討ち〉
石井睦美　キャベツ
石井睦美　皿と紙ひこうき
犬飼六岐　筋違い半介
犬飼六岐　吉岡清三郎貸腕帳
犬飼六岐　桜《おう》下《か》の決闘〈吉岡清三郎貸腕帳〉
犬飼六岐　囲碁小町　嫁入り七番勝負
犬飼六岐　蛻《もぬけ》
石川大我　ボクの彼氏はどこにいる？
石松宏章　マジでガチなボランティア
伊藤比呂美　とげ抜き〈新巣鴨地蔵縁起〉
伊東　潤　戦国無常　首獲り
伊東　潤　疾《はや》き雲のごとく
伊東　潤　戦国鬼譚　惨
伊東　潤　虚《うつ》けの舞
伊東　潤　戦国鎌倉悲譚　剋
伊東　潤　叛《はん》鬼《き》
伊東　潤　国を蹴った男
伊東　潤　峠越え
伊東　潤　黎明に起《た》つ
伊東　潤　池田屋乱刃
池田清彦　すこしの努力で「できる子」をつくる
市川拓司　吸涙鬼
石飛幸三　「平穏死」のすすめ〈口から食べられなくなったらどうしますか〉
石井光太　感染宣告〈エイズウィルスに人生を変えられた人々の物語〉
磯﨑憲一郎　赤の他人の瓜二つ
池田邦彦　カレチ　車掌純情物語1
池田邦彦　カレチ　車掌純情物語2
池田邦彦　カレチ　車掌純情物語3
岩明　均　文庫版　寄生獣1
岩明　均　文庫版　寄生獣2
岩明　均　文庫版　寄生獣3

2018年12月15日現在